Três maneiras de manter a alma unida ao corpo

Três maneiras de manter a alma unida ao corpo

COMO AFINAL VIERAM
A SE SALVAR DA MORTE NO MAR
O PADRE ANTÔNIO VIEIRA, O
POETA GREGÓRIO DE MATOS
E O CALAFATE JOÃO ROXO

IVAN JAF

Ilustrações de
SAMUEL CASAL

editora scipione

Três maneiras de manter a alma unida ao corpo

Diretoria de conteúdo e inovação pedagógica Mário Ghio Junior
Diretoria editorial Lidiane Vivaldini Olo
Gerência editorial Paulo Nascimento Verano
Edição Camila Saraiva e Fabiane Zorn

ARTE
Ricardo de Gan Braga (superv.), Soraia Pauli Scarpa (coord.) e Thatiana Kalaes (assist.)
Projeto gráfico Thatiana Kalaes
Ilustrações Samuel Casal

REVISÃO
Hélia de Jesus Gonsaga (ger.), Rosângela Muricy (coord.), Célia Carvalho,
Brenda Morais e Gabriela Lubascher Miragaia (estags.)

ICONOGRAFIA
Silvio Kiglin (superv.), Cesar Wolf e Fernanda Crevin (tratamento de imagem)

CIP-BRASIL. CATALOGAÇÃO NA FONTE
SINDICATO NACIONAL DOS EDITORES DE LIVROS, RJ

J22t

Jaf, Ivan
Três maneiras de manter a alma unida ao corpo: como afinal vieram a se salvar... / Ivan Jaf ; ilustração Samuel Casal. - 1. ed. - São Paulo : Scipione, 2015.
96p. : il.

Apêndice
ISBN 978-85-262-9626-8

1. Ficção brasileira. 2. História do Brasil. 3. História de Portugal. I. Casal, Samuel. II. Título.

15-26750 CDD: 869.93
CDU: 821.134.3(81)-3

Código da obra CL 739054
CAE 559501

2025
1ª edição
3ª impressão
Impressão e acabamento: Forma Certa Gráfica Digital
Código da OP: 286530

editora scipione
Direitos desta edição cedidos à Editora Scipione S.A., 2015
Avenida das Nações Unidas, 7221
Pinheiros – São Paulo – SP – CEP 05425-902
Tel.: 4003-3061 / atendimento@scipione.com.br
www.scipione.com.br

Sumário

NOTA DO EDITOR

Esta edição respeita o trabalho de pesquisa do autor, que procurou se aproximar ao máximo da forma narrativa da língua portuguesa do século XVII, por isso, às vezes, contrariando as normas gramaticais atuais. Optamos também por manter eventuais palavras de baixo calão nas falas de Gregório de Matos, pois suprimi-las ou substituí-las seria alterar um traço marcante da obra do poeta.

Imaginação para repensar o mundo

Os relatos de viagem escritos pelos cronistas do império português sempre estiveram repletos de elementos imaginários e fantásticos. Monstros misteriosos, crenças populares, religião e pitadas da verve literária dos próprios cronistas influenciavam a forma final como os fatos eram apresentados. Esses escritores, quando não viajavam embarcados e presenciavam os feitos que narravam, emprestavam sua pena para fixar grandes façanhas ou até mesmo acidentes a partir de relatos colhidos em meio à tripulação. Esses documentos enalteciam as conquistas da Coroa ou apenas registravam infortúnios e erros para efeito pedagógico.

Tais crônicas tinham um importante valor histórico. Elas eram armazenadas na Torre do Tombo, fixada em Lisboa desde o século XIV, local destinado a preservar a memória da nação portuguesa. Como função de destaque no Reino, havia o título de guarda-mor desse acervo: além da administração documental, muitas vezes ele era responsável por transcrever documentos. A despeito dos elementos fictícios e maravilhosos que permeiam esses escritos — e até mesmo *por causa* deles —, podemos hoje ter amplo acesso ao imaginário de diferentes épocas e formar um panorama muito mais claro de como pensavam os homens do passado.

Seria, portanto, pertinente questionar a veracidade de uma narrativa por ela conter elementos da imaginação de seu autor?

De forma análoga, a relação limítrofe entre história e imaginação vai acompanhar você durante toda a leitura de *Três maneiras de manter a alma unida ao corpo*, pois um episódio imaginado é justamente o que nos propõe a obra de Ivan Jaf. Talvez o poeta Gregório de Matos (1636-1696) e o padre Antônio Vieira (1608-1697) nunca tivessem viajado juntos ou sequer tivessem se conhecido pessoalmente. Contudo, nas páginas desta ficção, você terá o privilégio de entrar em contato com as ideias centrais do pensamento de ambos, revisitadas em diálogos memoráveis, recriados a partir dos poemas e sermões de um e de outro. Aos poucos, o leitor verá como essas conversas eram travadas, se não frente a frente, ao menos em sua produção intelectual, ao representar o embate das diferentes ideologias que estavam em voga no século XVII e ajudaram a formar um mesmo Brasil.

A época era a que nos dias atuais identificamos como o *barroco*, constituído por uma constelação de modelos culturais, principalmente no território brasileiro de então, sujeito à atuação de tantas forças diferentes. No mundo, a Contrarreforma ainda se fazia sentir em resposta à expansão do protestantismo. Aqui, a expansão da fé católica tinha o objetivo de converter indígenas, consolidar a conquista territorial e conferir sentido e adequação à relação "colônia-metrópole" estabelecida por Portugal. No mundo, o rococó, o rebuscamento do maneirismo. Aqui, a poesia ácida e bem-humorada de Gregório de Matos e a agudeza retórica do padre Antônio Vieira, que a seu modo riam e criticavam os costumes de uma sociedade que não jogava o jogo político e ético esperado de si.

Se, neste *Três maneiras de manter a alma unida ao corpo*, já no "Prólogo ao leitor" o narrador nos dá indicações de que o leitor está prestes a se aventurar em uma narrativa contida dentro de outra narrativa, podemos identificar, ao longo de toda a obra, ao menos três experiências de leitura diversas.

A primeira está presente no livro inteiro e se faz notar na reprodução do estilo das crônicas de viagens ultramarinas. A pesquisa histórica empreendida por Ivan Jaf se faz ver na construção de linguagem, que respeita a sintaxe e o vocabulário da época, e nos dados e temas abordados na narrativa, que nos ajudam a compor um retrato do período (desde a tecnologia marítima usada nas travessias até informações sobre economia e cultura).

A segunda é encontrada sobretudo na terceira parte, intitulada "A salvação", que nos permite mergulhar na tradição satírica do século XVII — modelo da produção poética de Gregório de Matos: uma "prudente comédia das punições", que obedece a regras que visam a "[...] ultrapassar a medida, cair na obscenidade e propor a virtude"[1]. Para compor a comicidade e a crítica, Ivan Jaf constrói uma narrativa que abusa de elementos como a caricatura, a dissimulação, a zombaria e o duplo sentido. E não apenas na voz de Gregório encontramos esse ponto de contato com a produção da época barroca. A própria escolha do diálogo (e triálogo, com a participação do calafate João Roxo, representando a ciência, a prática, o labor) para a exposição das ideias dos protagonistas está alinhada com a oralidade característica da produção de ambos: Gregório com seus poemas, que provavelmente eram declamados, e Vieira com seus sermões, feitos para serem expostos de forma oral, com o apuro do raciocínio, porém a coloquialidade de um discurso público.

A terceira experiência de leitura seria o aspecto metaficcional do livro completo, que (assemelhando-se ao célebre romance *Boca do inferno*, dos anos 1990, escrito pela brasileira Ana Miranda) questiona o conceito de verdade histórica e lança-nos de volta à questão original, que nos trouxe até aqui. Ao identificarmos a íntima ligação do conhecimento com a imaginação, percebemos a capacidade humana de tocar, com sua criatividade, todos os assuntos de que se ocupa. Para repensar este mundo e a construção da nossa cultura, é necessário aceitar que arte, fé e ciência precisam umas das outras para sobreviver.

Os editores

1 Hansen, João Adolfo. *A sátira e o engenho*: Gregório de Matos e a Bahia do século XVII. 2. ed. Cotia/Campinas: Ateliê Editorial/Unicamp, 2004, p. 58. (N.E.)

Prólogo ao leitor

RELAÇÃO DA MUI NOTÁVEL VIAGEM
DO GALEÃO *SÃO PAULO* EM QUE SE CONTAM
OS GRANDES E LASTIMOSOS TRABALHOS
QUE PADECERAM SEUS TRIPULANTES

Escrevo o que se vai ler a seguir por me parecer história que daria aviso e bom exemplo a todos os homens que andam pelo mar de que necessitam se encomendar continuamente a Deus e nunca deixar de temer os castigos do Senhor, trazendo sempre o terror de Deus diante dos olhos.

É costume mui antigo e bem recebido que quando alguma pessoa escapa de notável perigo ou enfermidade deixe um relato no qual esse perigo que passou fique escrito. Uma prova desse fazer ser benigno é a medicina de Hipócrates, cuja arte foi estudar os relatos deixados por doentes que continham as doenças de cada um e os remédios que contra elas usaram. A primeira obrigação de todos que saem vivos de um perigo é notificar ao mundo as mercês que Deus fez em os livrar dos estranhos trabalhos que padeceram e os remédios que aproveitaram.

A descrição de uma viagem mui tormentosa é de grande importância para a navegação, e para aviso delas mui necessária, porque ensina como se devem haver os navegantes em outra que lhes pode acontecer, de que remédios proveitosos usaram nela, quais as decisões danosas de que devem fugir e que prevenções tomar para ser menor a perda. E para que de cousas tão importantes se tenha conhecimento, eu, José de Azevedo, guarda-mor da Torre do Tombo de Lisboa, escrevo este breve tratado e o ponho aos reais pés de Vossa Majestade, El-Rei de Portugal, Augusto protetor da História.

Aqui resumo, emendo e verifico o largo relato que me fez João Roxo, mestre-calafate do galeão *São Paulo*, homem de ciência mui virtuoso e zelador do bem comum. Que ele encontre o mais feliz porto, senão para sua vida, ao menos para suas memórias.

Parte I
A tormenta

Acontece muitas vezes a voz do povo ser juízo do Senhor e falar o que há de vir, como mostra bem clara a Sagrada Escritura, tanto que na noite de véspera da partida os muitos ratos que havia nos porões do galeão *São Paulo* roeram e cortaram a amarra a que ele ao cais se prendia e o lançaram ao mar, o que foi a causa de João Roxo vaticinar:

"Mal-afortunados vamos quando a partida é dada pelos ratos e não pelo capitão."

Ao que um gajeiro acrescentou, com terror na alma, ao subir à gávea do mastro principal:

"Já se está pagando pelo que fez o arcebispo."

O que o gajeiro afirmava publicamente do alto do cordame era que toda a gente ali estava condenada a navegar sem proteção por culpa do arcebispo, que naquele ano proibira as cerimônias em louvor a Santo Anselmo, nas oitavas de Páscoa, alegando que aquelas muitas folias, danças, bailes e ramos de coentro fresco celebravam na verdade uma manifestação pagã.

Têm todos os homens do mar tamanha devoção e veneração ao bem-aventurado Santo Anselmo que o julgam seu advogado nas tormentas. Creem de todo o coração que as luzes que aparecem no topo dos mastros durante as grandes tempestades são aquele Santo que os vem visitar e consolar. E também predizer o destino, porque quando as luzes exalam em dois ou três pontos da nau é sinal de bonança, contudo quando aparece uma só, e no mastro mais baixo, é denúncia de naufrágio. Àquele que contradiz essa fé não faltam marinheiros que lhe cheguem a espada.

Para o arcebispo, entretanto, aquelas luzes ditas de Santo Anselmo não eram católicas, já que haviam sido vistas nos mastros dos barcos gregos e nas pontas das lanças de seus soldados durante as tempestades, como comprovavam os escritos de Plínio, no segundo volume de sua *História Natural*.

Prouvera Deus que a nau já estivesse aparelhada e com todos a bordo e já mesmo pronta a partir, e como logo caminharam seu caminho direito, sem nunca ter senão ventos prósperos e bonançosos, a ruim partida e má profecia foram logo de todo esquecidas. Assim é o nosso coração humano, e o permitiu a mãe nossa natureza e o proveu a Sabedoria Divina, que em qualquer pequeno deleite e breve prosperidade não mais lembremos nem façamos conta e deixemos totalmente para detrás das costas as grandes adversidades e mui grandes males e misérias passadas. O que é passado, passou-se, e acabou-se a memória de tudo, e tudo são folias, pandeiros e zombarias.

Deu o galeão à vela por muitas semanas com mui contentamento pelo bom tempo que tinham. Não podia haver melhor e mais esperto vento em popa, e o bom tempo, nem frio nem demasiado quente, aumentava o prazer e contentamento de todos e os tornavam alheios aos enfadamentos que consigo trazem tão compridas viagens, fazendo-os esquecer até as saudades da terra.

Sendo mestre-calafate e viajando o mais do tempo abaixo do convés e de olho nas tábuas do casco, João Roxo não soube dizer o caminho que a nau fazia todos os dias, e os rumos a que governava e em que alturas. Nem eu o podendo fazer, por não ser da minha profissão, deixo isso a quem compete tal ofício, que são homens do mar e que têm seus roteiros por suas partidas e graus. O sapateiro com o sapato e o barqueiro com a barca. O certo é medir-se cada um com seu pé e medida. E assim o que nessa parte faltar e for necessário para declaração e ornamento desta história, como é a falta do rumo da nau, peço e rogo aos mais entendidos nesta corte mo emendem com bom ânimo e vontade, deitando tudo à melhor parte.

Ao certo pôde dizer João Roxo que iam na nau, entre marinheiros, oficiais, soldados, religiosos, escravos, comerciantes, nobres e famílias, um total de duzentas e poucas almas, e aqui não cito nenhuma pelo nome porque seria um grande processo e causaria mais fastio ao leitor do que contentamento. As histórias compridas costumam ser desprezadas, por agradar mais as breves, por isso não tratarei mais do que com a maior brevidade que em mim for possível as cousas notáveis que naquela viagem aconteceram.

Os ventos de levante e bonançosos despreocuparam os homens e, como em uma nau, por mais que preguem os padres, sempre há jogo, lá não foi diferente e logo pelo convés correram mesas de carteado. Contra isso se levantou a voz do principal religioso a bordo, o padre Antônio Vieira, jesuíta, sempre em seu manto preto e com o grande cajado de profeta pregador, ameaçando os jogadores com o fogo do Inferno.

Então outra voz se levantou contra a primeira, e pertencia ao poeta Gregório de Matos, cabelo comprido e desgrenhado, óculos, camisa de renda suja, jaqueta de pelica mui puída, calções até os joelhos em que já não se identificava a cor primitiva, tudo quase esfarrapado. Era o poeta o maior amante de vinho de toda a nau. Nunca se separava da caneca e de sua viola de cabaça.

Gregório de Matos defendeu o carteado, que a bem da verdade tinha sido ideia dele, afirmando que aquele não era um pecado suficiente para mandar ninguém ao Inferno, que o Purgatório seria talvez a maior das penas, e que pois, para evitar que os jogadores pagassem tudo no tal Purgatório, bastava os ganhadores ofertarem o dízimo aos doentes e pobres que iam na nau.

E foi o que se fez, porque a maioria tomou o partido do poeta, para a fúria do jesuíta, e a esmola arrecadada foi tanta e tão grossa que, além dos doentes, pôde socorrer a muitos soldados e marinheiros, comprando-lhes roupa e comida melhor, porque comumente os que se empregam nessas naus são miseráveis que vêm mortos de fome e despidos ao sol e à chuva e ao sereno da noite. E cuidou João Roxo de que, depois de Deus, foi o dízimo do jogo a principal causa de consolo daquelas pobres almas.

Contudo os dias alegres não os fizeram descuidar da fé, e nem o permitiria o sempre vigilante padre Antônio Vieira. Apesar de todas as calmas e bons prognósticos da viagem, não deixou o jesuíta que se acalmassem nunca os exercícios da devoção e dos ofícios divinos, e sua primeira providência foi montar uma capela na tolda, entre o mastro grande e a popa, e nela levantar um altar com frontal de seda de muitas cores e dois retábulos de madeira. Puseram um Agnus Dei grande, engastado com muitos anjinhos dourados de velas nas mãos, e mais velas de cera nos cantos, ardendo em castiçais de prata. Ali faziam os religiosos da Companhia de Jesus suas pregações e práticas, e dali saíam em procissão até a proa e voltavam.

Padre Antônio Vieira oficiava a missa de domingo e de quinta-feira, e liderava os festejos dos dias Santos com a maior solenidade que podia haver no mar, compensando a falta do Santíssimo Sacramento com uma profusão de lanternas, lírios, tochas e a grande Cruz feita pelo carpinteiro da nau. E contou João Roxo com devoção que, entre as ondas do mar, morada própria dos peixes e não de homens, parecia a todos aumentar o desejo de honrar a Deus e aplicar-se ao Culto Divino.

Fizeram também os religiosos da Companhia um confessionário com as tábuas soltas que havia no fundo da nau, também com a ajuda do mestre-carpinteiro, e nele realizaram suas práticas familiares. Todos sabem a importância que os jesuítas dão à confissão. Contudo andou o confessionário sempre vazio, pois a ninguém foi dado adivinhar que navegava rumo à morte.

Além das liturgias os da Companhia prezam também o teatro, e muitas peças encenaram os padres no castelo da proa, sempre sobre orientação do padre Antônio Vieira. A mais representada foi *Tentações de Cristo no Deserto*, ao cabo da qual botavam o Diabo para a cozinha, onde a quentura do fogão e a fumaça como que imitavam com perfeição o Inferno no parecer de quem lá labutava, e assim ficava Cristo sempre Vencedor, para a Glória de Deus e da Virgem Santíssima.

Na questão do teatro também houve querela entre o padre Antônio Vieira e o poeta Gregório de Matos, por este achar que nem todo teatro representado na nau deveria ser sacro e, com o juízo toldado por muitas canecas de vinho, armou uma imitação de tourada, no convés, onde ele próprio fez o papel de touro. E aquela não foi pequena invenção, pois logo se pôs toda a gente a querer ser touro e toureiro. O divertimento foi tamanho que durou até o alvorecer, e novamente a maioria ficou ao lado do poeta quando o jesuíta quis proibir aqueles folguedos profanos, apoiando a alegação de Gregório de Matos de que não podia ser pecado o homem se desenfadar com risos. E por acreditar no que dizia, e pelo prazer de contrariar o padre, montou o poeta uma Companhia de Teatro e improvisou representações de Molière que foram de mui agrado, a bem da verdade ofuscando em interesse as peças sacras da outra Companhia.

Os caminhos bonançosos que percorriam sobre o oceano estavam mais para comédias do que dramas, por isso o sucesso de *O avarento*, *Tartufo* e outras, representadas ou apenas lidas do castelo da proa, com tamanha arregimentação de ouvintes que temia o piloto que o galeão adernasse para a frente. Ao padre Antônio Vieira *Tartufo* irritou sobremaneira por retratar através do protagonista um religioso intrigante, farsante e hipócrita, mas nada pôde fazer para impedir Molière na nau, e teve de engolir sua zanga, depois do próprio capitão aceitar o papel de Netuno na peça *Os magníficos amantes.*

Foi a filha de um oficial quem mostrou o primeiro prognóstico de ruim viagem. Todos que se chegaram ao bordo da nau para ver o que ela apontava com o dedo deram com um peixe grande, que ninguém soube determinar que peixe era. A feição era de baleia pequena, escura e mal-encarada, a qual logo espantou todos os outros peixes e acompanhou o galeão em toda a sucessão de tragédias pois, como atestou o próprio João Roxo, ele sempre viu o sinistro e estranho peixe ir à frente, lançando grandes refolhos d'água, como que abrindo caminho para as desgraças e folgando com elas.

Padre Antônio Vieira botou a culpa na aparição do peixe grande e desconhecido, e em sua mui grande fealdade, que só podia ser um estigma do mal, nos grandes pecados que se davam naquela nau aos quais não cansava de combater sem lograr êxito e, para equilibrar o mal que lhes ia adiante, lançou da popa ao mar uma Cruz de estanho amarrada a uma corda muito forte, com um prego grande como chumbada.

Não alcançou o jesuíta esse almejado equilíbrio entre as forças do mal e do bem, tanto que na manhã seguinte, ao alvorecer de mais um dia de vento esperto pela popa, não durou muito que mudasse e se embrulhasse o tempo, e essa mudança se anunciou por um vento mui rijo e ruim que deu a nau um balanço grande e tão súbito que pegou o gajeiro bem descuidado na gávea do mastro grande, aquele mesmo gajeiro que reclamara do arcebispo ter proibido as festas de Santo Anselmo, e o dito balanço jogou o pobre grumete da gávea embaixo, que veio pelo ar cair e dar no convés, no meio de todos, desfazendo-lhe o corpo e a cabeça em pedaços, com os miolos fora dela, que tudo ficou tinto de seu sangue.

Foi cousa lastimosa ver tão horrendo e triste espetáculo, que a todos pôs mui temor e espanto, de que se aproveitou padre Antônio Vieira, na prece pelo encaminhamento daquela alma ao Céu, para pregar um sermão, prática na qual havia granjeado fama:

"O acontecido obriga a todos a considerar que os acontecimentos e perigos do mar, como os da vida, são sempre súbitos e estranhos e que em todas as horas e momentos estamos a eles sujeitos. Nosso único remédio e proteção são a fé em Nosso Senhor e nos guardar dos pecados e das tentações, mantendo a alma sempre pura, pois quase nunca nos é dado tempo à confissão e ao arrependimento, como ocorreu com o coitado do gajeiro aqui presente e desmembrado, que ontem mesmo ria e se alegrava participando de *O corno imaginário*, uma das peças heréticas do senhor Molière representada pelo poeta que levamos a bordo."

Depois da prece do jesuíta os marinheiros embrulharam os pedaços em um lençol e lançaram o corpo ao mar, e cada um se recolheu aos pensamentos de sua fortuna, ocupando-se dos sentimentos das cousas que mais lhe doíam. Gregório de Matos, entrementes, resmungava alto, para quem quisesse ouvir, que a queda e morte do pobre gajeiro não era castigo pelo pecado de se divertir e sim culpa do arcebispo que lhe tirara o amparo de Santo Anselmo.

E assim cantando defendeu a arte:

"Não é fácil viver entre os insanos,
Erra quem presumir que sabe tudo,
Se o atalho não soube de seus danos.

O prudente Varão há-de ser mudo,
Que é melhor neste mundo, mar de enganos,
Ser louco c'os demais que só sisudo."

Toda aquela manhã continuaram os ventos rijos e contrários e os mares tão grossos, empolados e cruzados, que os fez andar às voltas com grande trabalho e perigo. Levando mares mui grandes pela frente causados do vento sul, algumas vezes o balanço da nau metia os castelos da proa por baixo d'água, até que um vento em dobro quebrou e partiu os cabos do mastro grande e todo o dia tiveram os homens assaz trabalho em lhe pôr amarra nova.

Trataram sempre de botar a culpa pelo vento contrário no sinistro peixe que ia à frente, mas a bem da verdade ventava de todos os lados. Foi o vento de maneira e de tantas partes, e acudia a tantos lados e a tantos rumos, sem se determinar a nenhum, que tornaram os mares tão cruzados que para nenhuma parte punha a nau a proa que as ondas não a encontrassem.

Mal-acostumados pela bonança, e distraídos pela morte do gajeiro, os marinheiros não recolheram a tempo as velas e os primeiros ventos contrários logo as fizeram rotas e com perigo de lhes quebrar os mastros. Trataram de as recolher para tentar remendar porque além daquelas só possuíam mais uma equipação, e uma nau que conta só com as velas que traz nas vergas já navega rumo à perdição.

A cada balanço que o galeão tomava parecia que o oceano o metia ao fundo. Padre Antônio Vieira incitava o povo a deitar relíquias ao mar para amainá-lo pelas virtudes dos filhos de Deus, e muitos crucifixos e terços e pequenos relicários foram lançados de bombordo e estibordo, sempre acompanhados de prece e terror, mas nada adiantou, já parecia que Deus era servido do fim a que se determinara, pois o mar pareceu ficar ainda mais empolado com as oferendas e elas afinal causaram a segunda morte, pois alguns que por bordo estavam logo gritaram:

"Homem ao mar!"

"Homem ao mar!"

E era que em se atravessando deram à nau três mares tão grandes que um dos balanços jogou n'água a sobrinha de um fidalgo, chamada Isabel, de idade de catorze anos, mui fermosa e bem-afigurada, que ia à varanda da câmara do leme lançar ao mar um talismã. E em caindo, quando deram com ela ia já a meia légua, que foi à vista de todos sempre sobre a água, batendo com os pés e com as mãos. O capitão mandou aos marinheiros que deitassem o batel fora e ao piloto que pusesse a nau à trinca, o que nem aqueles nem este quiseram fazer, dizendo e dando por razão que a moça já ia mui longe e que não se aproveitava nada com aquilo e que era trabalho e perigo demais. Não adiantou o capitão repetir a ordem de espada fora da bainha e ameaçando cortar cabeças, ninguém se atreveu a deitar o batel na fúria daquele mar, e todos assistiram a luta da menina, que andou quase uma hora sobre água, viva e morta, sem nunca ir ao fundo, até sumir na espuma de uma crista.

Não deixou Isabel de ser bem-aventurada e agraciada por Nosso Senhor, que a não quis guardar para tantos males e a levou em tempo de não ver a destruição de seus amigos e parentes e as grandes misérias que passariam.

Da mesma varanda do leme, bem seguro por dois marinheiros, padre Antônio Vieira encomendou a alma da moça, enquanto Gregório de Matos, embriagado, resmungava alto que se a primeira fora culpa do arcebispo, a segunda morte podia ser creditada ao padre.

A tempestade chegou logo depois.

Primeiro lhes deu uma trovoada cega. Logo sobreveio cousa espantosa e nunca vista, porque sendo dia se escureceu o céu de maneira que parecia ser noite e foi do mar que passou a vir a claridade, pois com os grandes encontros que umas ondas davam nas outras todo ele se cobriu de mui alvas escumas.

Cresceu ainda mais o vento, e veio a tormenta, com tantas trovoadas e com tanta água que os mares foram em crescimento tão alterados e levantados que fizeram o galeão trabalhar muito, de popa à proa, de maneira que cada vez que caía parecia de uma alta torre querer sepultar-se nos abismos.

Com esse grande jogar se desfizeram todas as cousas mortas do convés e romperam-se cabos. Duas caixas colheram a perna de um grumete e a quebraram e arrancaram pela altura da coxa, fazendo-a dali para baixo em tantos pedaços e com os ossos tão feios em racha que por muitos lugares lhes iam saindo os tutanos. Teve tão bom espírito o pobre grumete que ainda seguiu de rastro pelo convés até onde se agarrar para não ser lançado ao mar pelos balanços da nau, mas Nosso Senhor não lhe compensou esse tão grande esforço pois faleceu antes da noite cair e acabou deitado ao mar como tanto lutou para evitar, junto com seu resto de perna. Como fez questão de lembrar o poeta, o acontecido levava a desconfiar da Misericórdia Divina por todos conhecerem o rapaz e serem unânimes que aquela morte não merecia, por seus poucos ou nenhum pecados.

Pela muita escuridade, chuva, tormenta e vento espantoso que falava e fuzilava, cercados pela neblina do chuveiro, sem poder lançar mão dos movimentos do céu nem apontar a proa em direção firme, acabaram sem saber onde estavam nem para onde caminhavam.

Conhecia João Roxo que aquela não era viagem de navegar sempre ao longo da costa, com o prumo na mão. Atravessavam o Atlântico, oceano sem fim em sua largueza e grandeza, e iam cegos. Tanto podiam estar avançando como andando para trás como caranguejos, desfazendo o caminho. Entregavam sua derrota nas mãos da Divina Providência e chamavam por Nossa Senhora que lhes valesse em tão espantosa aflição.

Porém os Céus pareciam surdos porque logo veio o piloto e disse ao mestre-calafate que fosse ver abaixo, que enquanto todos temiam a tempestade, o maior perigo não vinha pelo alto, mas por baixo, porque no porão já brotavam dois palmos d'água.

João Roxo foi logo reconhecê-la e entendeu que entrava pela caverna da proa, lugar mui perigoso e de difícil remédio. Pareceu ao capitão que o poderia ter cortando-se um pedaço da dita caverna, e assim se fez, contra a vontade do mestre-calafate, para quem o remédio para domar a água nunca deveria ser cortar madeira, sendo sempre mais necessário acrescentá-la que tirá-la. Contudo, posto que cortada, pôde João Roxo dar com um furo de prego destapado, que por descuido deixaram de lhe pôr prego, e quando o breou e tapou por ele permitiu Nosso Senhor que não se fizesse mais água. Os marinheiros ali deram com a bomba e com barricas e vasilhas e secaram a água, em trabalhos assaz dificultosos pelo grande balanço que o mar empolado impunha à nau.

Iam entre ondas de mares cruzados, que pareciam altíssimos montes de cujos cumes o galeão se via cair muitas vezes em vales de que parecia não ia poder mais sair de tanta baixeza e profundidade e perigo de ser engolido e sorver de todo.

Mares tão grandes, tão altos de altíssimas torres, tão furiosos e soberbos, que parece graça querer pintar e escrever o que se não pode crer senão por quem o viu e passou. Não pode nenhum engenho, por mais sutil, delgado e agudo, descrever tempestade tamanha e ondas tão medonhas. Não sabia a nau por onde se meter, indo em pulos e saltos, varrida por desarrazoados ventos e soberbas espumas que entravam por uma banda e saíam por outra e a lavavam toda.

Viam os homens os elementos conjurados contra eles, prometendo-lhes as ondas, tão furiosas, serem sepultura de suas carnes. E João Roxo, por mais esforçado e confiante que fosse em sua ciência, naquele tempo mais desejou ser um ínfimo bicho da terra sem alma do que filho de Deus e estar ali. Nisso somos os homens todos semelhantes, que quando em perigo no mar sempre deseja nossa natureza tornar à nossa mãe antiga, a terra, de que foi nosso primeiro pai, Adão, formado.

Não cessavam o chuveiro e as carrancas de trovoadas de todas as partes e tudo caía sobre o galeão como do Céu caiu Lúcifer, e então apareceu, na ponta do mastro menor, a luz, a bola de luz azul, o fogo de Santo Anselmo! E vendo aquela claridade lembraram todos que nas visitas que faz durante as tempestades, o Santo vaticina a sorte da nau e, quando exala sua luz uma vez só, e no mastro mais baixo, é denúncia de naufrágio!

E começaram os marinheiros a salvar da parte de Deus e Nossa Senhora e seus Santos, em vozes mui altas, de joelhos no convés, com grandes gemidos, soluços e lágrimas, pedindo-lhes alcançassem perdão aos seus pecados e os livrassem de tamanhas tribulações. E muitos, lembrando da fala do gajeiro morto, puseram a culpa por estarem sem advogado naquela grandíssima e espantosa tormenta no arcebispo, e principiaram uma revolta contra os religiosos que lá iam, e então foi cena grandiosa de se ver, levantando seu cajado aos céus, entrar padre Antônio Vieira mesmo entre os marinheiros rebelados, com sua veste negra e seu rosto de profeta possuído, iluminado pelos raios que partiam do breu do céu e explodiam em trovões medonhos, tantos relâmpagos que pareciam andar ali todos os demônios do Inferno, com os pés varridos pelas escumas e aos gritos, repetindo e batendo nos marinheiros com o cajado:

"Irmãos! Irmãos! Lembrai-vos do que Nosso Senhor Jesus Cristo padeceu por nós! Trabalhai! Trabalhai que ele será conosco!"

E ouviu Santo Anselmo aquele chamamento e apiedou-se deles apagando sua luz do mastro pequeno, por não ser de utilidade e só causar desânimo mostrar um futuro de perdição quando se precisa lutar para sobreviver.

Foi quando um dos marinheiros apontou para a banda de estibordo com a mão esquerda e com a direita começou a se benzer e gritar, chamando pelo nome de "Jesus! Jesus!" mui alto e repetidas vezes, e todos se voltaram para onde ele indicava, esperando ver Nosso Senhor vindo cuidar deles em sua própria pessoa e dar um fim à tormenta e a seus padecimentos e terrores, mas não era Ele e sim uma onda, uma onda que de mui longe vinha levantada por cima das outras todas, em demasiada altura, trazendo diante dela uma grande folia de vultos negros que não podiam ser senão diabos.

Enquanto com alvoroço entre toda a gente começaram a crescer os brados ao ver cousa tão espantosa, chegou essa onda, que pelo galeão estar morto, incapaz de se governar, sem lhe poder fugir, o alcançou pela quadra de estibordo e foi o ímpeto e peso dela tamanho que quase os soçobrou daquele primeiro golpe.

Com o pendor que a nau fez deitou ao mar muitas caixas e fato do que vinha no convés, e juntamente o mestre-carpinteiro e outras pessoas, que nunca mais apareceram, e feriu de morte o contramestre e os outros dois calafates, os quais, pela mui ciência que tinham em seus ofícios, fizeram muita falta, deixando João Roxo como o único a bordo.

E por aquele mar veio outro, da mesma grandeza, e já achando a nau tão adernada quase a acabou de meter debaixo d'água, tomando-a por ambos os bordos sem poder surdir. Estando todos assim pedindo a Deus misericórdia, esperando que se fosse ao fundo, depois de estar entregue e quase vencida dos mares um grande espaço, começou ela, para admiração de todos, a arribar. Mas como com o balanço que lhe dera corresse a carga toda à banda, ficou sempre obedecendo tanto àquela parte que o único remédio de que puseram mão foi despejar o convés de tudo que daquele lado levava.

Porque o peso das caixas era grande, e com os balanços da nau não podiam andar a pé para arrastá-las, as desfizeram com os machados e quebrando-as as deitavam ao mar. Os trabalhos no convés eram feitos sempre com grande perigo porque de tudo andava a nado sobre ele, barris e fardos e caixas de todos os tamanhos, e rolos de cabos e tábuas soltas.

A vela, ainda não usada e pesada de chuva, embolada no cordame pela fúria do vento, formou um massame que desandava com tanta força de uma parte para outra que desfazia as câmaras todas e dava tão tremendas pancadas nos balaústres da borda da nau que já os trincava em vários pontos, por isso tiveram que também a deitar no mar, e assim ficaram sem vela, a não ser a antiga, toda rota dos primeiros ventos.

Padre Vieira e os de sua Companhia lideravam ladainhas abaixo do convés, elevando suas preces e rogos a Deus, Nosso Senhor, à Virgem e a todos os Santos, disciplinando as almas, até que ouviu o Céu suas orações e levantou a mão de seu castigo, amansando os ventos e os mares. Os jesuítas e demais devotos subiram ao convés em procissão e júbilo, o padre na frente erguendo a Cruz e o cajado. Mas foi estarem todos de ânimo renovado pela súbita e milagrosa trégua dos elementos quando se levantou um mar muito mais alto que todos até então e se veio direito à nau, negro e escuro por baixo, alvo por cima, que mui bem entenderam todos de em breve espaço verem o fim de suas vidas, a qual onda, dando pela proa com um borbotão de vento, caiu sobre eles de maneira que levou consigo os dois mastros menores com verga, enxárcia[1] e cordames, o castelo de proa, cinco homens que iam dentro dele, três âncoras que estavam arriçadas no dito castelo, e juntamente com isso abateu a ponte e a desfez de maneira que matou um marinheiro que lhe estava debaixo, partindo-o em duas metades iguais, fez o batel em quatro ou cinco pedaços e abateu todas as pipas d'água e assim todo o mais mantimento que aí ainda havia.

Destroçou essa onda todo o convés da proa até o mastro grande de maneira que deixou a nau rasa com a água, e por curto espaço esteve debaixo do mar sem nela haver quem soubesse onde estava. E vendo-se todos em tão grande perigo, com água salgada pelas canelas, ficaram assombrados e fora de si, temendo e julgando ser aquela a derradeira hora de suas vidas, e com esse temor se chegaram ainda mais ao padre Antônio Vieira e se puseram em torno dele, que brandia seu cajado contra o céu, como duelando com as espadas de fogo dos relâmpagos, e clamava por intercessora e advogada a Sacratíssima Virgem nossa Senhora, Mãe do Filho de Deus, Senhora da Luz e de Guadalupe, e tanto gritou aos céus e contra as nuvens e a chuva que os elementos tão temerosos que pareciam fazer fundir-se o mundo tornaram a se acalmar, e o galeão levantou, escorrendo a água do convés para os bordos.

1 **enxárcia:** cabos e degraus feitos de corda, madeira ou ferro, que sustentam mastros de embarcações a vela. (N.E.)

"Nunca ninguém pediu a Deus misericórdia com pureza de coração que lhe fosse negada", gritou padre Vieira para os homens. "De muitos maiores trabalhos somos merecedores, os que aqui estamos, dos que em que nos vemos, porque se segundo nossas culpas e pecados houvéramos de ser castigados, já o mar nos tivera comido. Confiemos todos na misericórdia de Deus, cuja piedade é infinita, que por quem é se compadecerá de nós e nos livrará desse destino. Ajudem-no com as armas necessárias para escaparmos com vida, que são o trabalho, o arrependimento de coração das culpas passadas e o cuidado para não cair em outras."

Com essas palavras e outras muitas mais que lhes disse o jesuíta, e vendo o resultado, pois que a nau se tornava a erguer das águas, foram logo uns dar às bombas para esgotar a água que entrara, e outros a terminar de deitar ao mar tudo que ainda havia em cima.

Contudo pouco depois outro mar grandíssimo lhes deu pela quadra e quebrou o mastro grande que desceu com vergas e enxárcia e gávea, cordames e camarotes, e algumas obras de popa, e esmigalhou quatro marinheiros e de mais outros quebrou braços e pernas deixando-os imprestáveis para o serviço, muitos deles vindo a entregar a alma a Deus dias depois pelas amputações e sangrias que lhes fizeram o barbeiro e o boticário para tentar impedir a corrupção das carnes pela gangrena.

Dessa vez cobriu o mar a nau por tanto espaço que arrastou e matou todos que estavam na popa.

Embaixo, do alto de uma escada, padre Antônio Vieira torcia a ponta do hábito para aliviar um pouco o peso da água, sem no entanto deixar de pregar:

"Rogo a Deus que de Sua mão nos dê ajuda, pois de toda outra estamos desamparados."

Ao que refutou Gregório de Matos:

"Ou Deus não está entendendo a gravidade do caso, ou sua Misericórdia Divina parece ser sempre de mui curta duração."

E a isso ouviu João Roxo, e teve de concordar, pois naquele instante um marinheiro lhe dizia ao ouvido para ter com o capitão novamente à caverna da proa por estar a água entrando por todos os lados e já haver seis palmos dela no porão.

Os balanços de uma nau e o não correr ela a favor do vento por si só já bastam para trincar e soltar as pastas de chumbo que se pregam sobre o calafeto entre as tábuas dos costados. As pancadas que o galeão *São Paulo* levava na proa além da pasta de chumbo, cuspiam fora também as estopas e o betume, e a causa disso foi a de ter o capitão ordenado o corte do pedaço da caverna, porque logo a água achou aquele lugar fraco e arrombou-o com muita fúria, entrando por vários pontos e crescendo em demasia.

Em vão quis João Roxo fazer o capitão compreender sua culpa, porém é já condição mui velha de todo oficial a bordo não consentir nunca, nem admitir, conselho nem cousa dita sobre seu ofício, ainda que saiba mui certo, e tenha por averiguado, perder-se por uma má ordem sua a nau e todos quantos nela vão. Nisso têm os oficiais mui pouco escrúpulo, como se não ficassem à sua conta tantas vidas e tantas fazendas como se metem nessas naus. Se muita água entrava antes pela caverna da proa, muita mais entrava agora que lhe faltava uma parte, assim ordenou o capitão a João Roxo que praticasse sua ciência e fizesse o seu serviço o mais secreto que pudesse, para não levar mais alvoroço à gente, mas também, a bem da verdade, para que não se divulgasse sua equivocada disposição anterior.

Tornaram a dar com as bombas e barricas e vasilhas para esgotar a água até João Roxo poder fazer seu serviço em seco. Já não havia como impedir as águas, só diminuir o jorro, e ali ficaram dois marinheiros se revezando na bomba sem um momento de descanso, não lhes lembrando de comer nem beber, vendo a morte sempre a brotar diante deles.

No convés o mastro grande, depois que a tormenta o quebrou, ficou ainda preso e com qualquer mar que vinha dava tamanha pancada na nau que em breve a romperia se os homens não o acabassem de cortar e desprender com machados. Quando nesses trabalhos estavam um mar grande o soltou de repente e o deitou fora da nau pela banda de estibordo, arrastando dois marinheiros ainda de machado nas mãos, e dando o mastro grande de encontro ao costado, logo entrou por baixo da popa e arrancou todos os ferros do leme, ficando o galeão para sempre sem leme.

Nenhum remédio se podia cuidar que a fortuna não fosse contrária. Viam todos o estado a que por seus pecados tinham chegado, mas era Nosso Senhor tão piedoso e ainda lhes fazia tamanha mercê que não iam ao fundo. A fúria do temporal e os mares todavia sempre cresciam, ficando muitas vezes afogado o galeão, entrando as águas sem resistência alguma por ambos os bordos e o trazendo de todo vencido. E além disso, como a grossidão e força das ondas o levantassem a grande altura, donde vinha cair, dava tão grandes pancadas na água que já estavam a cada momento esperando pela hora em que a ele se acabaria desmembrando a ossatura e abrindo-se todo. Seguia cuspindo calafeto por muitos pontos e a água já se assenhorava de todo o porão, tanta que continuamente vinham dando a todas as bombas que havia e ela só aumentava.

João Roxo, como o único a bordo a possuir a ciência dos calafates, vivia a percorrer o porão de proa à popa e de popa à proa, dando remédio a um ponto, logo aparecendo outro, e outro, e tornando ao anterior para tentar novamente vencê-lo, e muitas vezes não havia remédio que pudesse tomar por não saber por onde entrava a água, mas não desistia e enquanto pôde foi esse o seu propósito.

O piloto, com todos esses sobressaltos, Nosso Senhor foi servido de levá-lo desta vida por um ataque que o acometeu, e lhe morreu o coração e não falou mais palavra, e não prestou mais para cousa alguma, e o deitaram logo ao mar depois de uma mui breve prece de padre Antônio Vieira. Foi guardado naquela fria sepultura, sem mortalha, aos cansados setenta anos, depois de tantos trabalhos por mar e terra, como tinha levado nas partes da Índia, África e Brasil onde, servindo, gastara o mais da sua idade. Foi entender as cousas de sua alma, com muito e geral sentimento de todos, pela muita confiança que nele tinham, embora fosse homem a quem, por sua idade, já falecia o juízo.

Já não se fazia mais que tirar água com as bombas e deitá-la ao convés, donde a maior parte tornava a entrar pelas cobertas por não poder sangrar fora, contudo João Roxo não os deixava cessar dessa obra, até que ao peso da água que entrava na nau pelas partes que o mar arrebentava veio de misturada uma parte da carga que se soltou, arrombando os paióis da pimenta, e trazendo consigo tanta, que por ficarem as bombas de pimenta entupidas não se pode mais trabalhar. Não ficando outro remédio, aparelharam barris e vasilhas, com que deitaram fora a água que podiam, com que ficaram nisso até a noite, a qual tempo, cansados do muito que trabalharam e desconfiados de disso nada se aproveitar, pela muita água que crescia, tendo já dezessete palmos de altura, findaram esse trabalho.

Era a água vencedora e os esforços acabados.

Já todos sabiam que a nau fazia água e era grande o alvoroço que o capitão tentara evitar. Ao cessar o trabalho das bombas acabaram de se desenganar de todo, porque até então não cuidavam que o mal era tanto, tinham fé que passada a tormenta o mar acalmaria e continuariam seguindo sua derrota, que para isso rezavam sem descanso os jesuítas, mas agora que tudo por baixo estava aberto e alagado portanto que cada um tratasse de receber como podia aquela tão cruel notícia e se preparasse para levar ao tão justo Juiz as suas injustas obras.

E sobreveio uma noite tenebrosa, espantosa e escuríssima, e com ela a umidade, e tudo sempre trovoadas e chuveiros fortíssimos, soçobrados sempre pelo rolo das ondas que comiam o convés. Assentavam todos que nenhuma esperança podiam ter de se salvar. Não tardariam mui tempo em ir ao fundo, e tanto ao mar que nem um pudesse escapar. E provera Deus que assim fora acontecer isso na mais escura noite e perderem a vida engolfados pela escuridão medonha, metidos na grandeza do mar, sepultura fria e eterna de suas carnes. Se a fortuna ali os levara, assim era a vontade divina, e chegava a hora e desaventura do terrível naufrágio e ninguém fugiria a seu fado.

Gregório, expressando o que ia na alma de todos, e com isso lhes trazendo alívio e consolando do medo ao tirar poesia da tragédia, assim cantou:

"Na confusão do mais horrendo dia,
Painel da noite em tempestade brava,
O fogo com ar se embaraçava,
Da terra e água o ser se confundia.

Bramava o mar, o vento embravecia,
Em noite o dia enfim se equivocava,
E com estrondo horrível que assombrava,
A nau se abalava e estremecia."

Toda aquela noite temerosa passaram com grande desolação porque tudo quanto viam lhes representava a morte. Por baixo, vinha o galeão cheio d'água, por cima, o céu conjurado contra todos, e entre tudo o vento fuzilava e assobiava de todas as partes, que parecia lhes estar bradando "Morte... Morte... Morte...".

Não bastando a água que por baixo lhes entrava, a de cima que o céu lançava sobre eles parecia que os queria alagar com outro dilúvio universal. Dentro da nau tudo que se ouvia eram suspiros, gemidos, gritos, prantos e misericórdias que se pediam a Deus, com os jesuítas fazendo parecer de que por pecados de alguns que ali iam, o Senhor irava-se contra todos e os danava e que tudo representava o último juízo.

O que fez a perdição mais medonha foi ser noite, e tão escura que mal se viam uns aos outros. A grita e a confusão da gente era grandíssima, de homens que se encontravam sem nenhuma esperança de remédio, no meio do mar que bramia, com a morte diante dos olhos, na mais triste e horrenda figura que imaginar se pôde em nenhum dos naufrágios passados. O estalar das madeiras da nau, que o mar grosso estava toda moendo e a acabaria desfazendo em migalhas, fazia tom e ruído temerosíssimo. Toda a gente não tratando já mais que da salvação da alma, por quão desenganada se via da do corpo, pedia confissão ao padre Antônio Vieira e aos outros da Companhia, com muitas lágrimas e gemidos e súplicas, mas com tão pouco tino que todos queriam confessar-se ao mesmo tempo e em voz tão alta que se ouviam uns aos outros.

Um nobre, sem poder mais aguardar, nem pedir autorização para começar, deu a dizer suas culpas aos gritos, e eram tão graves e enormes que foi necessário ao padre Vieira ir-lhe com a mão à boca e pedir que o afastassem, o qual homem, mesmo de longe e seguro por outros dois, gritava ainda seus pecados e perguntava ao padre se o absolvia.

Embora havendo mui poucos para fazer o serviço católico, padre Antônio Vieira organizou filas e improvisou confessionários em camarotes, distribuindo seus padres neles, com a justa ideia de que se a nau ia ao fundo pelo peso dos pecados dos que iam nela, a confissão aliviaria esse peso e evitaria o naufrágio.

Contrapôs Gregório de Matos que os males da consciência podiam arrastar para o fundo do Inferno, mas não para o fundo do mar, e que o que ali pesava de fato eram os bens materiais que muitos traziam em excesso e que sobrecarregavam o galeão, sendo o certo e necessário, para aliviar seu peso, jogar fora tudo que levavam, deitar ao mar todas as caixas de mercadoria e tesouros que abarrotavam o porão, aquela multidão de caixotes e fardagem que por si só já podia fazer naufragar uma nau por mais boiante e marinheira que estivesse, quanto mais aquela, que já se ia rompendo toda e marejava por todas as partes. Cometerem aquela viagem carregados da maneira que iam era temeridade que parecia mais tentar a Deus que esperar dele misericórdia, porém nenhum dos proprietários dos ditos bens deu ouvidos ao poeta porque jogar fora seus tesouros parecia mais heresia que temor a Deus, e a fé religiosa no alívio do peso pela confissão dos pecados lhes oferecia uma forma de salvação melhor, que não exigia a perda de bens. Ficou o poeta bebendo seu vinho, vociferando contra a cobiça cega e desmedida dos homens e se recusando a confessar-se, por não crer no peso físico de suas culpas.

Cada um começou a ter à sua consciência, e com o pouco tempo que dispunham confessavam-se sumariamente aos padres, dando conta ao Senhor de suas malgastadas vidas. Revelavam-se com as mais breves palavras que cada um podia, porque a fila era grande e o tempo não dava lugar para mais. Cada jesuíta, de crucifixo na mão, consolava as lembranças das angústias passadas com as que se apresentavam no presente, absolvendo e aliviando as consciências pesadas de todos que nos camarotes se ajoelhavam e suplicavam perdão à luz da candeia que balançava forte, acompanhando as pancadas que o mar dava nos costados da nau.

Acabada a confissão saía cada qual despedindo-se de seus amigos e parentes, o pai do filho, o irmão do irmão, o marinheiro do marinheiro, pedindo-se perdão e fazendo-se todos amigos, com tanta lástima como quem esperava serem aquelas as derradeiras palavras que dariam e teriam neste mundo. Nisso andava tudo, que não se poderiam pôr os olhos em parte onde não se vissem rostos cobertos de tristes lágrimas e de amarelidão e trespassamento pela manifesta dor e sobejo receio que a chegada da morte causava, ouvindo-se também muitas palavras lastimosas, sinais certos das lembranças que ainda naquele derradeiro ponto não faltavam dos filhos, das amadas, dos velhos e saudosos pais que cá deixavam na terra, bradando pelas pessoas que mais lhes doíam. E acabando cada um de satisfazer ao humano com esses devidos cumprimentos e recordações, todo o mais certo do tempo se gastava em pedir a Nosso Senhor remédio espiritual, que do corporal ninguém mais fazia conta.

Havia muitos contudo que não sabiam dar conta de si e andavam fora de seus juízos, com tanto pranto e grita, tentando abraçar-se a outros com tanto excesso de irmandade e choro e desespero, em tamanho desamparo e pedindo misericórdia com tanta fúria, que a vários foi preciso esbofetear com vigor e até acalmar com cacetadas.

A um deu a ideia de que se se alçasse a um lugar mais alto seria melhor bem visto por Nossa Senhora e começou a trepar pelo resto de cordame embolado que pendia ainda do mastro menor quando porém um raio o queimou no meio da prece, com o braço direito apontando para o céu, e a descarga foi tal que sua cabeça pulou do corpo como rolha e foi dar ao mar enquanto o corpo caía no convés preto como carvão.

Muitos trabalhos tiveram os jesuítas, porém pareceram de bom proveito porque à medida que as filas dos confessionários andavam as candeias pendentes do teto dos camarotes balançavam menos.

A tormenta amainava!

Foi o primeiro a notar isso o padre Antônio Vieira, e o primeiro também a tomar partido, pregando que aquilo mais parecia disposição divina que efeito natural, querendo Nosso Senhor mostrar-lhes que ainda não era servido de fazer se perder aquele galeão e tantas almas quantas levava, a tempestade e o mar amansarem sendo mais um motivo a dar aos homens para que O louvassem e tivessem sempre muita confiança em Sua misericórdia.

"Se quisera Deus por meios naturais afundar-nos, qualquer mar bastava! Quem tiver fé fundada em pureza de coração, tamanha como um grão de mostarda, isso lhe bastará para se salvar. São com as desgraças que quer Deus provar nossa fé!"

E dizendo isso, tirou padre Antônio Vieira duas folhas que estavam dentro de seu livro de rezar e as pôs pregada a uma parede. Em uma delas estava Nosso Senhor Jesus Cristo Crucificado e n'outra a imagem de Nossa Senhora, e chamando a todos lhes disse:

"Ponham os olhos nessas imagens e não haja mais quem enfraqueça ou desmaie! Ponham as vistas em Jesus Cristo e se alegrem e consolem, conhecendo que quem tanto padeceu por nós é pois tão misericordioso e piedosíssimo que nos salvará deste temeroso perigo e nos levará a salvamento. Ponham os olhos na Sacratíssima Virgem Maria Nossa Senhora Rainha dos Anjos e a terão como advogada, por cuja intercessão, rogos e merecimentos espero e confio que nos haveremos de ver fora de tamanho perigo e desembarcaremos de pés enxutos. Ajoelhem-se e rezem! Ajoelhem-se e rezem!"

E todos se ajoelharam e rezaram diante das duas imagens, numa contrição jamais vista e em tão grande silêncio que foi como se não tivesse ali pessoa viva.

Como ao início dessa pregação precisou o jesuíta ainda ser sustentado por dois padres para se manter de pé e não cair devido ao balanço da nau, e à medida que rezavam com os olhos nas imagens os balanços iam diminuindo até o ponto em que as candeias já produziam sombras fixas, o fervor das rezas foi crescendo, por todos as sentirem fazer efeito, e a devoção se tornou tanta com a certeza de que era por ela que a tormenta ia passando, que ao final, quando os balanços da nau pararam por completo, todos se sentiram ressuscitados como Cristo!

A fúria e braveza dos elementos cessaram junto com o raiar do dia e todos que iam ajoelhados se ergueram e subiram ao convés como que elevados ao Céu e viram que ali se esclarecia a manhã e saía o Sol com seus dourados e resplandecentes raios!

Tomados pela fé todos tornaram a se ajoelhar e levantaram os braços ao céu e aproveitou o padre Antônio Vieira para rezar missa, e oficiou uma adoração a Cruz, e ao final armaram uma procissão pelo convés, da popa à proa e da proa à popa, muitas vezes, e disparos de artilharia, e mais missa cantada e ladainhas e confissões de fé e tudo mais que necessário foi para dar às consciências e a Deus demonstrações de devoção e agradecimento!

Tamanho era o contentamento de todos pelo bom tempo no céu e disposição calma do mar que João Roxo custou a se fazer ouvir. Porque ele, como único calafate e zeloso que era, em vez de estar ajoelhado metade da noite a rezar continuou tapando frestas, ajudado por um grumete que segurava o candeeiro, calafetando sem sucesso, mas sem descanso, e agora vinha informar a todos que a nau afundaria em poucas horas porque já havia mais de trinta palmos d'água em todo o porão e se viam até peixes pequenos nadando entre as caixas.

Parte II
A calmaria

"Nosso Senhor e a Virgem Santíssima hão resolvido o problema do céu, que é a jurisdição deles, mas o perigo continua embaixo e nos vai matar a todos."

Assim Gregório de Matos apoiou João Roxo no pedido que este fez ao capitão para que ordenasse que todas as cousas afinal fossem atiradas fora da nau, como sempre quis o poeta, pois era essa a única esperança de continuarem boiando, ao menos por mais um pouco, e para provar a situação temerosa e mortal em que iam levou o calafate o capitão, o contramestre e demais oficiais e também os comerciantes donos das mercadorias, e quem mais quisesse ver com seus próprios olhos, incluindo o padre Antônio Vieira, até abaixo da estrinque, a escotilha de onde se lançava a amarra, e mostrou como ali havia tanta água que já se lhe podia chegar com a mão. E naquilo concordou o jesuíta via-se a misericórdia de Deus, porque com um terço da água que aquele galeão tinha dentro, indo tão carregado, já se fora ao fundo qualquer outro.

O perigo era evidente e por isso chamou o capitão a conselho em seu camarote todos os oficiais, nobres e comerciantes, e alguns homens que entendiam da nau, e pôs-lhes diante o que tal tempo lhes oferecia, e que lhes dissessem seu parecer. Metade deles foi contrário, requerendo com rigor e ameaças que não botassem seus tesouros ao mar. Mais rigor tinham e mais ameaças faziam aqueles que mais bens possuíam, que a isso os obrigava a cobiça, porque é natural propriedade que as riquezas têm consigo o enganar e atrair a si os ânimos mortais.

Daquela reunião sairia o trágico fim de todos, preferindo ir ao fundo com o peso de suas cousas, se enquanto discutiam não houvesse Gregório de Matos liderado marinheiros, escravos e todos os que nada possuíam até aos porões para também verem a situação em que estavam, e estes logo compreenderam que a única salvação de seus corpos e almas era aliviar a nau de todo aquele peso, que mais boiante ficaria quanto menos sobrecarregada. Tão evidente era isso que trataram logo de o fazer, e já subiram com caixas e sacos e os atiraram ao mar, e isso só não foi considerado motim porque assim que soube o que acontecia veio o capitão ao convés e, vendo que agiam certo por aquele ser o único modo de não afundarem, e também querendo salvar sua própria vida, disse que estava bem, que deitassem todas as cousas ao mar, que ele assim o mandava.

Contudo logo compreenderam os pobres que os ricos não o queriam fazer por bem, e deu-se tão tremenda cizânia e revolta que aqueles precisaram tirar as cousas à força destes, e como eram em muito maior número, logo explodiu uma fúria sem controle que correu toda a nau, de cima a baixo e de ponta a ponta, os que nada tinham tudo querendo jogar no mar, sem ver o que era.

O galeão *São Paulo*, o mais rico e próspero que havia muitos anos navegava pelo Atlântico, como todos diziam, agora era levado ao fundo por sua riqueza. Com este temor começaram a usar dos remédios que em tal tempo se usam, alijando a fazenda à água por salvar vidas, e assim alijaram tudo, tudo, mesmo o que não deviam, porque no desespero e na revolta contra os ricos que os queriam impedir, os pobres foram sendo tomados de ódio e já não houve quem os organizasse, e como à medida que despejavam cousas no mar tornava-se mais leve a nau e mais mareante a olhos vistos, e menos lhe fazia água, quase nada ficou nela a não ser gente viva.

E lá se foi ao mar toda espécie de mercadoria que entre Portugal, Ásia, Índia, África e Brasil se negociava, toda a fazenda dos mercadores, todo benjoim, de que se lançaram fora muitos e muitos quintais[2], e todos os fardos de anil, caixas e caixas de seda, outras tantas de cousas da China mui ricas e curiosas, todas as caixas de açúcar e todas as sacas de algodão e gengibre e lacre, e caixas de louçainhas[3], de que a nau ia riquíssima, e todos os quarenta e cinco quintais de cravo, e outros tantos de pimenta, e no porão só ficou o que havia saído das caixas e das pipas e dos paióis arrombados pelos balanços da nau durante a tormenta. Do convés, cada qual lançava ao mar seus fardos próprios, malas com pertences, roupas, todo tipo de cousa, e muitos perdendo o juízo alijavam até os fatos que vestiam. Um homem deitou fora um saco de moedas de ouro e em seguida, perdido o juízo, pulou para abraçá-lo e foi ao fundo, incapaz de o largar.

O que as ondas não haviam varrido do convés agora varriam os homens, com mais sanha e a mesma desatenção. Setenta e duas caixas de mantimentos e cinco pipas d'água foram abatidas a golpes de machado e lançadas fora. Também a machadadas foram derrubados como árvores todos os mastros que restavam, e feitas em lascas as gáveas e os pavimentos e toda a construção de madeira que havia, e todos os pés de carneiro e

2 **quintal**: antiga unidade de medida brasileira equivalente a pouco menos de 60 kg. (N.E.)

3 **louçainha**: veste de gala. (N.E.)

barris e fardos de todo tipo. E não cessavam dessas obras, e nelas perdiam o juízo, pois, como viu e atestou João Roxo, não é da natureza humana manter-se no equilíbrio, que quando reza só reza, e quando age só age, e dessa maneira quase ninguém pensa e atua segundo uma ciência, e assim começaram a deitar ao mar o que não podiam, comprometendo a própria salvação nos dias que viriam. Lá se foi ao mar toda farinha, e os sacos de arroz, e as pipas d'água, e tudo que havia na cozinha, lenhas, fogão, panelas, e também as armas, a começar, com razão, pelos dois canhões que pesavam muito, mas com eles se foram toda a artilharia que traziam, e toda pólvora, chumbo, morrões, espadas, adagas, alabardas, pistoletes e mosquetes que se acharam.

Hordas de homens com machados percorriam a nau de cima a baixo cortando e lançando ao mar todo tipo de pau julgado sem serventia, furando barris para os esvaziar do que tinham, vertendo água, vinho, azeite ou vinagre, transformando paredes, armários, prateleiras, baús, camarotes inteiros, tudo em sarrafos, e fizeram assim até ao camarote do capitão, destruindo cartas de marear, astrolábio, bússola, mesa, cadeiras, cama, não o deixando com mais do que a roupa do corpo.

Contra essa fúria desmedida se opôs com energia e espada fora da bainha João Roxo a que deitassem ao mar as bombas d'água, e com elas, logo que as desentupiu, com a ajuda de mais uma dúzia de marinheiros, voltou a tentar esvaziar a água que minava por todo costado.

No final daquele dia, quando não havia mais que deitar ao mar a não ser gente viva e a nau ficara só quase convés e casco como se uma grande jangada fosse, para contentamento geral viram que os trabalhos tinham sido de grande proveito pois pararam de afundar e voltaram a estar marinheiros sobre as águas. E como elas agora iam lisas e firmes como um chão, sem vento nem a menor onda nem corrente, ao se pôr o sol debruçaram todos nos bordos e contemplaram as infinitas riquezas que boiavam ao redor deles.

De uma e de outra parte estava cheio o mar de infinita diversidade de fazendas e cousas preciosas, jazendo todas ali, ao redor de seus donos, por quem eram sobejamente desejadas e amadas, mas aos quais não somente não puderam valer naquela necessidade, como ainda com seus pesos quase foram as causas de suas mortes. Para João Roxo, bastava a memória do que ali lhe foi apresentado para encher sua alma de filosofia e compreensão a respeito da inconstância de todas as cousas, pois ao contrário do que até então se dava, ali foram os ricos que sofreram, por terem muito, e não os pobres, por não terem nada. E comentando esse pensamento com Gregório de Matos, que a seu lado assistia o poente tornar brasil o céu, pegou o poeta da viola de cabaça e cantou, enternecendo as almas que o ouviram:

"Nasce o Sol e não dura mais que um dia,
Depois da luz se segue a noite escura,
Em tristes sombras morre a formosura,
Em contínuas tristezas a alegria.

Porém se acaba o Sol, por que nascia?
Se é tão formosa a luz, por que não dura?
Como a beleza assim se transfigura?
Como o gosto da pena assim se fia?

Mas no Sol, e na luz, falte firmeza,
Na formosura não se dê constância,
E na alegria sinta-se tristeza

Começa o mundo enfim pela ignorância.
E tem qualquer dos bens por natureza
A firmeza somente na inconstância."

Atravessaram a noite com mais desmaios que sono, entre os gemidos dos muitos machucados que havia, tomados pelo medo que suas próprias imaginações causavam, largados por todo canto, na escuridão, tão quebrantados das forças do corpo quanto da alma. O ranger do galeão na noite escuríssima sobre o abismo do mar fazia andarem todos os espíritos danados, e o saber que ia ele de todo arrombado e cheio d'água lhes representava o último juízo da última noite. Mais uma vez padre Antônio Vieira e seus jesuítas lideraram preces e ladainhas, para que, se a tanta gente lhe faltavam todas as consolações do corpo, não lhes faltassem ao menos as da alma.

Já ninguém tinha ânimo para grandes liturgias, a noite gastou-se cada qual em orações silenciosas, acompanhando as do padre Antônio Vieira, que sabia trechos inteiros da Bíblia de cor e os contava em voz alta mesmo sem luz, pois já não havia candeias e o negrume era tanto que não se via nem o próprio sinal da Cruz que se fazia. E assim não deixou o jesuíta que a fé morresse e sucumbissem aos tragos da morte na travessia daquela noite terrível, até que pela manhã lhes deu a vista da estrela da alva.

E tanto que saiu a estrela da alva, que deu alguma claridade, clarearam-se também algumas almas e alguns ânimos voltaram e trataram de pensar num jeito de salvar seus corpos.

Gregório de Matos, que passara a noite abraçado à sua viola de cabaça, no chão nu do que restara de seu camarote retalhado a machado, subiu ao convés e começou a cantar um poema que contava as vantagens do corpo sobre a alma, afirmando que aquele lutava mais pela vida do que esta por saber-se com certeza perecível. Vieira aos gritos sustentou que aquilo era heresia pois era a alma em todos os aspectos superior ao corpo, sendo este na verdade a fonte de todo o mal. Contudo naquela manhã que se esclarecia com tantos maus prognósticos os meios para se conservarem vivos eram trabalhos mui mais para corpo do que para alma, e saiu Gregório de Matos vencedor pois a música pareceu tornar a todos o sangue às veias e as almas aos corpos, e olhando uns para os outros mostravam nas diferentes cores de seus rostos virem de novo ao mundo.

E, para inflar ainda mais os ânimos, cantou o poeta:

"Sempre alcança quem atura,
Quem não sofre nunca alcança!
Esperem sempre bonança
No vosso mar alterado
E se perderem o esperado
Não percam a esperança!"

João Roxo foi dos que mais apoiaram o poeta na ode ao corpo e ao trabalho pois aquela não era hora de rezar e logo juntou seus marinheiros para novamente dar às bombas sem descanso, que só assim a nau se manteria boiante. Depois, com o capitão e outros entendidos na navegação, tratou de inventariar o que tinham, a situação em que iam e o que se podia fazer para sustentar os corpos. E logo concluíram que *nada* era a resposta para tudo.

Não tinham leme, nem mastros, nem velas, nem vergas, nem enxárcias, nem amarras, nem âncoras, nem batel, nem instrumento de navegação algum, a não ser uma agulha de marear, tão quebrada que só destemperava. Mas, a bem da verdade, mesmo se contassem com todas essas cousas nenhum bom proveito fariam porque o mar ia tão manso como se fora chão e os ventos eram completamente ausentes.

São essas perdas no mar mui inimigas da vida, que qualquer delas será e pode ser a todo homem, por esforçado que seja, mui temerosa, mas ainda assim são cousas contra as quais se pode lutar e aí valem a força do corpo e o esforço do ânimo. Contudo há duas cousas que quando faltam em pouco tempo se acaba a vida, por mais preces que se roguem aos Céus: comida e água.

Ordenou o capitão que se fizessem buscas e apreensões em todo canto da nau, e que depositassem o encontrado sobre a coberta do chapitéu[4], e

4 chapitéu: parte mais elevada da proa e da popa do navio. (N.E.)

o que se salvou levou todos ao desespero e às lágrimas: dois sacos de arroz molhados, três pipas d'água doce, um barril de biscouto mofado, cheio de baratas e com um bolor mui fedorento, três barris de vinho, um pedaço de carne de carneiro salgada, um pedaço grande de marmelada e um caixote de queijo de Framegos tomado pelos vermes e incomível.

Os mantimentos e a água foram distribuídos em partes iguais e de uma vez só para as mais de cento e cinquenta almas a bordo e naquele mesmo dia se acabou tudo. A fila que dava voltas sobre o convés parecia antes de penitentes do que de famintos, mais como numa missa do que num refeitório, com padre Antônio Vieira ofertando a cada um, devidamente benzida, para que Deus não se esquecesse de que ali iam católicos, uma talhada de marmelada do tamanho de uma castanha como se fosse uma hóstia consagrada, um gole d'água como em um batismo, e pequenos nacos de todas as cousas, e nem as baratas mortas foram dispensadas que alguns tiveram estômago para comê-las lembrando como se fazia na Ásia. E assim se findou o que tinham numa única refeição, e dali em diante só havia o prognóstico da morte por sede e fome se não os levassem a alguma costa de terra as forças das correntes daquele mar incógnito, porque já nem as do vento podiam ser úteis por não trazerem mais velas.

Lembraram logo os marinheiros de tirar pescado do mar com algumas linhas e anzóis que encontraram, mas o peixe estranho e feio continuava a acompanhar a nau, agora já não só à popa, mas a rodeá-la e a espantar todos os outros, como um auxiliar do demônio para levá-los à perdição.

Dos ratos mortos que encontravam boiando no porão não se serviam, pelo o temor da peste, mas os caçados vivos, depois do terceiro dia de fome, alguns os comiam, e crus, pois não havia mais fogão nem lenha nem como fazer fogo.

O sol os atingia durante todo o dia sem clemência, e para se proteger dele fizeram toldos e tendas com panos riquíssimos e finas alcatifas de Cambaia e Odiaz, e esteiras de Maldivas e ricos tecidos de algodão riscado, que se embarcaram para bem diferentes usos e propósitos, e cujos donos as tinham escondido por cobiça e agora serviam a todos contra o calor, e nelas também se recolhiam do frio da noite, pois muitos iam com tão pouca roupa sobre o corpo que quase não podiam reparar e cobrir suas carnes e defender-se da miséria e, vendo isso, quem ainda levava alguma cousa de seu sua consciência por dentro se mordia e o fazia apiedar-se e oferecia abrigo e amparo.

Mas a fome e a sede também causaram dissidências medonhas, como a dos dois grupos de homens que discutiram até a morte a golpes de pau, um lado acusando o outro de ter deitado ao mar as setenta e duas caixas de mantimentos e as cinco pipas d'água amarradas no convés, que agora teriam mantido as almas de todos unidas aos corpos por muitos dias mais, o outro lado alegando que se não o houvessem feito agora já estariam sendo comidos pelos peixes, e cada lado acreditava tanto no seu parecer que começaram a se maldizer e empurrar e esbofetear, pretendendo cada qual tirar de si a culpa da perdição e carregá-la sobre os outros, e mesmo com a interferência dos jesuítas, do capitão, do poeta e de muitos oficiais não se conseguiu fazê-los recuperar o juízo e se mataram entre si uma dúzia, cujos corpos foram jogados ao mar, cada qual com sua devida extrema-unção, porque àquela altura ainda havia disposição e catolicismo para tanto.

Desde o segundo dia já faltava a todos o que comer a bordo, tirando algum rato e barata, que logo também se acabaram pela grande procura que tiveram. Findando-se toda a água doce, alguns não resistiram em tomar a salgada, pois a eles pareceu injusto estar fazendo a nau tanta água e lhes faltar a que haviam de beber, e logo estavam passando mui mal, com febres, estremecimentos e perda do juízo, servindo ao menos como exemplo aos outros.

Em quatro dias já as grandes fraquezas dos corpos atingiam as almas e a maioria não mais lutava pela vida e se deixava estar deitada no convés ou encolhida no canto de um camarote, gemendo, chorando e orando, a cada hora as forças os abrangendo menos. No quinto dia um marido e sua esposa se encomendaram a Deus, pularam ao mar e se deixaram ir ao fundo sem uma braçada, e isso consternou a todos que assistiram, e foi condenado pelo padre Antônio Vieira, que rezou missa e pregou contra o tirar a própria vida, cousa que só a Deus compete fazer, porque a nossa vida pertence a Ele e não a nós. E com o jesuíta concordou Gregório de Matos, para quem tirar a própria vida era açodamento[5] e desfeita, acrescentando que não tivessem pressa, pois Deus já estava providenciando a passagem de todos.

Para João Roxo o método que Deus usava para desencarná-los parecia cruel em exagero, dilatando demais a pena, pois quem é do mar sabe que não há castigo pior e mais lento do que morrer na calmaria.

Porque era isso que acontecia. O galeão *São Paulo*, depois de resistir à terrível tormenta, enfrentava agora o pior, a calmaria, a ausência completa de ventos e correntes. O mar era tão chão, havia nele tão pouca asperidade e braveza, que em volta da nau ainda estavam os doze mortos na refrega e o casal, que veio à tona depois de suicidados, todos inchados e com as carnes apodrecendo, que este é um dos problemas da calmaria que é tudo que é lançado ao mar não se afastar da nau, continuar boiando ao lado dela, o que acontece com corpos mas também com todas as fezes e demais imundícies que os homens deixam para trás enquanto vivem. Com isso, em uma semana, já quase não se podia respirar pelo fedor em que o galeão ia metido.

A fome, a sede, o fedor e a visão dos corpos apodrecendo começaram a provocar juízos vãos e sem fundamento. Um grupo de homens, com algumas esposas e filhos, cuidaram que se havia alguma esperança de salvação poderia ser por remo e conceberam uma jangada com tábuas e barricas e cordas que haviam sobrado, a qual jogaram ao mar e nela embarcaram os que se pretendiam salvar. Com tábuas como remo começaram a se afastar da nau, remando entre os corpos podres e as mercadorias que ainda

5 **açodamento:** precipitação. (N.E.)

boiavam. Vendo que aquilo bem podia mesmo ser o remédio de suas desgraças, outros também pularam ao mar e tentaram chegar à jangada a nado. Os que nela iam começaram a se defender aos mais que a vinham demandar, a pauladas, e os matavam, e um homem que ia na nau trazia uma espada e com ela espetava e matava quem punha as mãos na borda da jangada, com risco de a virar tão frágil ia, e um homem a espada não temeu, mas antes, como se lhe fora dado o cabo, pegou dela, e não se desapegou até que as duas mãos se abriram na lâmina e seus dez dedos caíram soltos na água.

As mulheres e crianças se ferravam à jangada enquanto os homens a defendiam, mas ela já submergia, não pelo ataque de quem queria subir nela, mas pelo próprio peso de quem nela ia, e foi preciso que se lançassem algumas pessoas ao mar para se poderem salvar as outras. Duas mulheres que não se podiam defender foram tomadas pelos ares e jogadas à água onde logo submergiram por não saberem nadar, sem mais aparecerem. Mesmo assim a jangada não estava para marear, de mui pesada, e cada vez mais a água se assenhorava dela, e continuaram deitando pessoas ao mar, e todos logo submergiam, fora um garoto que bem nadava e seguiu a jangada batendo os braços e gritando até que um remador, comovido com seus esforços, matou-o com uma pancada na cabeça.

Conseguiu a jangada se afastar uma meia légua mas isso foi o mais longe que atingiu pois logo da nau a viram virar e cuspir fora os que sobre ela ainda iam e todos afundaram e não mais foram vistos.

Com esses já iam para mais de quarenta mortos desde que sobreviera a calmaria. Os ventos e correntes seguiam tão ausentes que os dias passavam sem que andassem cousa alguma. Os homens, em tantas misérias quantas o humano pensamento pode imaginar e alcançar, viam a morte lenta nos olhos uns dos outros, sabendo que ao fim daquela desaventura perderiam todos a vida, sem esperança de remédios por ser tudo já gastado e não haver saída. Encomendando-se a Deus e seus Santos e tendo conta com suas almas e chorando seus pecados, com o receio da morte tanto aos olhos que já quase não havia quem de si desse acordo nem lhe lembrasse cousa viva nem do mundo, davam-se já por mortos.

O único que ainda parecia manter o bom juízo e com isso guiava o juízo de outros era João Roxo, que em nenhum momento daqueles tormentosos dias deixou de cuidar de seu serviço e praticar sua ciência, que era calafetar o costado da nau e dar às bombas, que só por isso a nau continuava marinheira e adiava a morte de todos.

Eram cinco as bombas que ele salvara, desentupira e espalhara por cinco pontos ao longo do porão, e 54 frestas abaixo da linha d'água por onde o mar minava, entre finas como um cabelo e grossas como um braço. Às bombas ele pôs homens a dar nelas continuamente por turnos, mesmo à noite, no escuro, e nesses trabalhos iam oficiais, fidalgos, marinheiros e escravos. Alguém calculou, e foram seis mil bombeadas por bomba, que entre os marinheiros se chamam zonchaduras, a cada dia, e com a fome e a sede que sofriam cada vez precisavam de mais homens para as dar pois cada qual aguentava cada vez menos zonchaduras. As bombas só paravam para que as desempachassem, tirando pimenta, cravo e outras drogas que lhes prendiam o êmbolo.

Das frestas cuidava João Roxo sozinho. Já não havia estopa nem betume com o que trabalhar, pois até isso haviam deitado ao mar, e ele tapava as rachaduras entre as tábuas com uma pasta de queijo de Framegos estragado amassado com um resto de breu e pedaços de pano, que enfiava nas frestas à ponta de faca e golpes de pau. Como a nau não balançava, pois o mar ia sempre liso, a pasta não soltava, mas também não impedia a água de entrar, só diminuía a quantidade, contudo isso já não deixava o galeão submergir.

Grande parte das gentes já aceitava que Deus Nosso Senhor os tinha escolhido para acabarem naquele lugar e daquele jeito, então já lhes bastava a fome e a sede, não queriam acrescentar o trabalho nas bombas às suas misérias por não verem mais proveito nisso. O esforço, antes de adiar a morte, parecia apressá-la, por já estarem consumidos pela fraqueza, tão disformes e magros que já iam se desconhecendo uns aos outros. Para eles era melhor ir ao fundo que dar às bombas de noite e de dia. Era essa a opinião de Gregório de Matos, decidido a acabar sua existência cantando e tocando sua viola de cabaça em vez de na penitência das zonchaduras.

Das pessoas ainda válidas, as que não obedeciam a João Roxo mas ainda portavam esperanças, estas rezavam, pois a isso as levava o padre Antônio Vieira e não era esforço que cansasse o corpo e sempre trazia consolo à alma. Gastavam assim o tempo, uns em dar às bombas, outros em orações. Uma grande parte, todavia, já não fazia uma cousa nem outra, por estar louca ou doente.

Havia ordinariamente nesse tipo de viagem que atravessava o Atlântico, a que chamam travessia *por fora*, muitas doenças, como inchações de pernas e gengivas, e tantas mortes que quando chegavam ao destino um quinto dos que embarcaram ainda achavam normal, porém depois de uma semana sem beber água nem comer nada já ia o convés como um hospital de guerra, com doentes gravíssimos e sem remédio a não ser a compaixão dos outros.

Já portava o galeão nesse tempo umas quatro dúzias de doentes de febres e inchaços, e as febres eram tão rijas que em dando à pessoa a desatinava, de maneira que falava e fazia mil doudices com muita lástima e choro. E assim houve muitos que com a frenesia se iam deitar ao mar se não os atassem uns aos outros. Era cousa lastimosa e de compaixão os ver deitados no convés ao sol e ao sereno, amarrados, aos gritos.

A tormenta de antes havia deixado muitos feridos e estropiados, agora a calmaria trazia a sede e a fome, acabando de enfraquecer e corromper os corpos, em dez dias não ficando senão só uns trinta sem passar alguma enfermidade.

Sangrar era o único remédio que tinham, por lhes faltar tudo, cristéis, unguentos, compostos, linimentos, defensivos, mezinhas, xaropes e purgantes. Houve dias em que se davam como cinquenta sangrias, e o convés se tingia de vermelho. Sangravam, pelo mandado do capitão, o barbeiro da nau e um boticário, ambos usando de medicina sem nessa ciência ter profissão alguma, só amizade, observação e conversa com outros médicos e singulares cirurgiões, ficando disso alguma prática e uso, e assim, apesar de sangrar com vontade e amor de irmão, custavam os tratamentos tantas vidas quanto as doenças.

Não havia convalescer. Ninguém melhorava. Adoecer era debilitar e morrer. A ninguém era dado curar-se por não haver medicina nem como restaurar as forças. Começaram a morrer como dez ou doze pessoas por dia.

Os jesuítas faziam ainda muitas obras de misericórdia e piedade, ofício neles natural, mas a vida dedicada ao Senhor e a combater os pecados não lhes deu privilégios e em três dias morreram todos, restando padre Antônio Vieira como único religioso a bordo. Enquanto as forças o sustinham correu o jesuíta o convés de ponta a ponta apoiado em seu cajado, rezando, pregando, animando, fazendo ladainhas e dando extrema-unção por grosso. A fé e o compromisso de encaminhar as almas alheias ao Senhor salvou-o a si mesmo de morrer.

Gregório de Matos, cujo vinho parecia não sair de seu sangue pelo muito que o bebera na vida, tocava sua viola de cabaça à sombra de um pano rasgado, como quem perdeu o juízo e ria-se disso, e fazia rir aos que lhe estavam em volta. A poesia e a alegria e sua grande doudice afastaram de si as doenças e a morte.

João Roxo manteve-se firme, dando às bombas ele mesmo, por já não haver quem o fizesse, seus ajudantes iam todos morrendo, desistindo ou perdendo pernas e braços por fraqueza, e continuou a vigiar as frestas e a tornar a enfiar nelas à ponta de faca o calafeto cuspido. Seus grandes trabalhos, zelo, disciplina e ciência lhe deram um propósito e o impediram de sucumbir à doença e à morte.

Com o correr dos dias e das penas, e devido às forças que já faltavam ao padre Vieira para atender a tantos, foram os mortos sendo lançados ao mar pelos vivos já sem mortalha nem extrema-unção, mais como carga que como filhos de Deus, porque o perigo da nau submergir era sempre constante e quanto menos peso levasse melhor. Mas a lembrança deles não se apagava porque era só se chegar aos balaústres para os ver todos lá, boiando e apodrecendo.

Com duas semanas de calmaria já o galeão boiava entre quase duzentos cadáveres se putrefazendo e fedendo e foram alguns ao capitão, que jazia entre febres e delírios, a lhe pedir licença para comer os que morriam em vez de se estragarem no mar.

Padre Antônio Vieira ouvindo esse espantoso requerimento, e por ver a que estado os tinha levado as suas necessidades, lhes falou com muita dor e piedade que aquilo que pediam era tão fora de razão e erro que cegueira mui grande seria consentir em tão bruto desejo, mas que bem via quão ruim conselheira a fome era, e lhes pediu que olhassem bem o que queriam fazer, porque ele enquanto vivo fosse tal não havia de consentir. Contudo, depois dele morto, podiam fazer o que quisessem e comê-lo primeiro a ele, que seu espírito no Céu trataria pessoalmente com Nosso Senhor no sentido de diminuir a gravidade da pena para tão horrendo pecado.

A decisão de comer carne humana podia ser dada pelo capitão, mas este morreu logo e foi jogado ao mar, já sem honras militares por ninguém ter mais forças para as dar, e ficou valendo a autoridade do jesuíta, e decidiram que não se comeria gente antes que morresse o padre, e muitos esperaram por isso, embora, como lembrou Gregório de Matos, ir mal o prognóstico do futuro banquete por padre Antônio Vieira estar que era só pele e osso, já quase descarnado.

Esperaram, pois, mas o jesuíta não morreu, e antes disso morreram todos que pretendiam comê-lo, até só restar uma dúzia de homens a bordo, e foi quando um deles propôs que arrancassem uma tábua do fundo da nau.

Teve forças ainda para pregar padre Antônio Vieira, dizendo que aquele pensamento era o demônio que nas cabeças semeava, que com meio tão infernal os queria imputar tão gravíssimo pecado, fazendo a nau ir ao fundo com mais brevidade do que estabelecera a Divina Providência, depois que nem o mar nem a fúria dos elementos o puderam fazer, e repreendeu o padre o diabólico conselho pois justamente estavam em estado tão piedoso que suas almas seriam com certeza salvas pela Misericórdia Divina no Céu, mas que para isso, como cristãos, não podiam tomar a própria vida com as mãos arrancando uma tábua do fundo da nau pois assim matavam o corpo mas também a alma, cousa que todo cristão deve tanto temer como fugir, pois com todos os outros perigos podiam morrer os corpos e salvar-se as almas com a contrição, mas com matar-se um homem a si mesmo já seu espírito não encontra o caminho do Céu. Confiava em Nosso Senhor, repetindo que Ele não somente os havia de livrar do perigo em que iam mas que os havia de levar em parte onde saltariam em terra de pés enxutos.

Também de matar a si próprios foram impedidos os homens por Gregório de Matos e João Roxo. O poeta por repetir o argumento de que não havia mal algum em gozar a vida do corpo por mais uma hora que fosse, por não haver garantia alguma na sobrevivência da alma sem o corpo a não ser a opinião dos padres; e o calafate, pela fúria com que, desatinado, com um pedaço de pau numa mão e sua faca na outra, jurou matar quem arrancasse uma tábua do costado, depois do tanto trabalho que lhe dera mantê-lo calafetado até então.

Contudo, aqueles que queriam abreviar a morte não tiveram de esperar muito pois em quatro dias morreram todos e foram jogados ao mar por João Roxo.

E então, vivos, na nau, só restaram o calafate, o padre e o poeta.

Parte III
A salvação

No derradeiro dia dos três no galeão a manhã se esclareceu como vinha fazendo havia quase um mês, o sol forte logo deixando o convés em brasa e continuando a apodrecer os corpos que boiavam ao redor.

Os três permaneceram onde haviam dormido, sobre ricas alcatifas de Odiaz, para amainar o calor que vinha de baixo, e sob o toldo esfarrapado feito de finíssimos tecidos das Índias, que levava um dos lados amarrado ao toco que restara do mastro grande.

O poeta ia sentado no chão, encostado a um barril, de onde assim que acordou tirou uma caneca de vinho. Ao encontrar-se a bordo com apenas os dois companheiros de misérias, revelou que todo o tempo da calmaria havia escondido no fundo falso de seu camarote aquele barril, do qual vinha se servindo às escondidas. Querendo expiar o remorso, botou-o então à disposição do calafate e do padre, que viram nisso um gesto mui cristão, que prolongou a vida por mais um pouco, o suficiente para salvarem-se como se verá a seguir. Contudo, se o vinho por um lado lhes manteve a alma junto ao corpo, por outro ao cair sobre a barriga vazia tirou-lhes o juízo quase por completo e foi a causa de tantos desatinos, dos quais João Roxo conservou espantosa memória, reproduzindo a mim fielmente as conversas que travaram naquele último dia de suas desgraças.

Padre Antônio Vieira, sentado em um caixote, bebeu também sua primeira caneca de vinho do dia, pegou um grande punhado de pregos que iam amarrados em um pano, os despejou sobre a batina, no vão entre as pernas, e começou a contá-los antes de atirá-los a uma bacia.

João Roxo, tão esgotado de forças que mal respirava, jazia estirado perto deles, também à sombra, mais morto que dormindo.

Gregório tomou sua viola de cabaça, raspou o dedo nas cordas e cantou:

"Numa manhã tão serena / como pode caber tanto sol / em esfera tão pequena?"

O padre chutou a bacia com raiva, espalhando os pregos.

"Diabos te carreguem! Perdi a conta de novo. Não podes calar essa boca do inferno?!"

"A fome me tem já mudo, / que é muda a boca esfaimada; / mas se esta frota já não traz nada, / por que razão me leva tudo?"

Vieira catou os pregos, recolocou-os na batina entre as pernas e continuou a contagem, resmungando para si mesmo:

"Entre os semeadores do Evangelho há uns que saem a semear, há outros que semeiam sem sair. Uns se contentam a pregar na pátria em que nasceram. Outros vão semear na Índia, na China, no Japão, na África e nas Américas. E acabam assim, neste teatro de infortúnios, num monte de tábuas podres, a flutuar perdidos no oceano."

Gregório o acompanhava com música e poesia.

"Muitos por vias erradas / têm acertos mui perfeitos, / muitos por meios direitos / não dão sem erro as passadas."

"Não, não é erro! No dia do Juízo Final hão de me medir a semeadura, mas também hão de contar meus passos."

"O mundo nem satisfaz o que se planta / nem paga o que se anda."

"Tens razão quanto à semeadura. As primeiras sementes da palavra de Deus se perdem nos espinhos, as segundas secam nas pedras e as terceiras caem nos caminhos e morrem pisadas. Os espinhos são os corações embaraçados com cuidados, com riquezas, com delícias; as pedras são os corações duros e obstinados; os caminhos são os corações inquietos e perturbados com a passagem das cousas do mundo."

"A muitos ouço gemer / com pesar mui excessivo, / não pelo horror do pecado, / mas sim por não consegui-lo."

"Tudo isso padece o missionário. Uns se afogaram no mar; outros os comeram os bárbaros; muitos se acabaram de fome."

"Dizem os experimentados / nos bens e males da vida / que os males vêm de corrida, / e os bens chegam sempre retardados."

"Mas o que se pode fazer nesses casos? Deixar a lavoura? Desistir da sementeira? Parece que não. A primeira parte da vida me levaram os espinhos. A segunda me secaram as pedras. A terceira me perderam os caminhos... e tantos caminhos. Mas ainda que se percam os primeiros trabalhos, lograr-se-ão os últimos."

Gregório de Matos botou a viola de cabaça de lado, espiou dentro do calção, depois cheirou e declarou:

"Há feridas do diabo, / E de si mui fedorentas, / Porém as mais fedorentas / São as que estão junto ao rabo."

Vieira perdeu a conta de novo, pegou a bacia, despejou os pregos entre as pernas e os recomeçou a contar e atirar de volta à bacia e pregar a si mesmo:

“Mas se tanto se semeia a palavra de Deus, como é tão pouco o fruto? Não há um moço que se arrependa! Um homem que se resolva! Um velho que se desengane! Onde está o problema? Onde a dificuldade? Que cousa é a conversão de uma alma senão entrar um homem dentro de si, e ver-se a si mesmo?”

“Mas o que tu queres é fazer o homem ver-se a si mesmo segundo tua doutrina.”

“Que é a doutrina de Deus. Nossa missão é vigiar as consciências.”

O poeta deu de ombros, voltou a examinar o próprio traseiro e a cheirar, depois pegou a viola e cantou:

“Toda ferida para curar se ajunta. / Porém esta, que se afasta, / é ferida de má casta, / que mesmo se desconjunta. / Para poder curar, / não há de as pernas se abrir. / Começando a se dividir, / como se pode soldar?”

“O que tens é *haemorrhoida*.”

“Saber o nome não cura, mesmo que seja em latim.”

“O que há é falta de exemplo. Pregam-se palavras e pensamentos, mas são as obras que convertem o mundo. Palavras sem obras são tiros sem bala; atroam, mas não ferem. Palavras ouvem-se, obras veem-se, e a alma do homem rende-se mui mais pelos olhos que pelos ouvidos. O que entra pelos ouvidos, crê-se. O que entra pelos olhos, necessita-se.”

“Se a todos cinco sentidos / não tendes cousa que dar, / dai ao de ver, e apalpar, / os dois sejam preferidos: / não deis que ouvir aos ouvidos / mas dai aos olhos que ver, / ao tato, em que se entreter.”

“As palavras pregam aos ouvidos. Os exemplos pregam aos olhos.”

“Os dous sentidos a rir, / e os demais a padecer. / As mãos folgam de apalpar, / os olhos folgam de ver. / Que os dois logrem seu prazer.”

“Prazer. Prazer. Nisso não se pode perder o pregador. Se prega composição e modéstia e vive na soberba e na vaidade das galas, não deve depois reclamar dos poucos frutos de sua semeadura. Se quando nossos ouvintes ouvem nossos conceitos, mas têm diante dos olhos nossas manchas, como hão de conceber virtudes? Se ouvem uma cousa e veem outra, como se hão de converter? Por que convertia o pregador São João Batista tantos pecadores? Porque suas palavras pregavam penitência, aspereza, jejum e, como exemplo, ele se sustentava de gafanhotos e mel!"

"Ó Vieira, quem me dera tivesse ao menos gafanhotos para comer agora. Batista devia ter sido marujo para ver o que é penitência. Embarcamos pecadores, desembarcamos santos."

"As palavras de São João Batista pregavam despegos e retiros do mundo, e fugir das ocasiões e dos homens, e o exemplo clamava: *Ecce homo* — eis aqui o homem que deixou as cortes e as cidades, e vive num deserto e numa cova! E hoje? Nada disto..."

"Com palavras dissolutas / Me concluís na verdade, / Que as lidas todas de um frade / São freiras, sermões e putas."

"As semeaduras não dão assim seus frutos."

"Tenho tanta fome que quando falas de frutos penso só em bananas."

"Também aprecio bananas."

"Quando eu era advogado, enfeitava as paredes do meu escritório com bananas. O pior da calmaria é infestar a alma de saudades... Cachos e cachos de bananas. E, quando riam de mim, eu dizia: enquanto as tenho, rio-me da fome."

"Pois um cacho delas agora sabia-me bem. São o melhor fruto que há."

Nisso interveio João Roxo, que acordara, mas ainda juntava forças para tentar se erguer, sem conseguir:

"Desculpem, senhores, mas banana não é fruto."

"Então que diabo é?", espantou-se o poeta.

"Pois é claro que é fruto", reafirmou o jesuíta, que não gostava de ser contrariado.

João Roxo sentou, serviu-se de uma caneca de vinho, e explicou:

"Para ser fruto precisa nascer em árvore, e a bananeira em um ano se cria e se acaba, e só dá uma novidade e não tem galho nem raiz, e isso não é cousa de árvore."

Vieira irritou-se:

"Deixa que cá resolvamos esse problema e volta lá para baixo ao trabalho das bombas, ou vamos mais depressa para o fundo do mar."

O calafate não o fez, ao contrário, o vinho tornou a entorpecê-lo, deitou de novo, calou-se e ficou olhando o céu sempre ausente de nuvens e ventos.

Calaram-se os dois também, ficando o jesuíta a contar e atirar pregos na bacia e o poeta a dedilhar as cordas de sua viola até que levantou, foi debruçar-se na amurada da nau e vomitou sobre os cadáveres boiantes.

"Assim desperdiças o vinho", disse o padre Vieira.

Gregório de Matos tornou a sentar à sombra e a pegar a viola.

"Sabeis por que vomitou, / este que está em jejum? / Lembrou-lhe o vosso budum[6] / e a lembrança o enjoou."

"Vomitaste porque estás bêbado, isso sim."

"Ó exemplo da vida breve, / que quem rindo o vinho bebe, / chorando desbebe o vinho."

"Te aquieta que quero contar os pregos."

"A hora é temerária, / o caso tremendo, e atroz, / e essa merda para nós / não serve nem é necessária."

"Serve sim e é necessária, sim. Quem sabe pode ser que nos leve Deus a alguma terra."

"Não sei se é melhor sorte acabar em terra a vida do que comerem-nos os peixes do mar."

---

6 budum: cheiro de suor e gordura animal. (N.E.)

"De qualquer modo, se dermos com o costado em alguma praia cheia de negros, precisamos de pregos para resgate. Pregos de ferro são moedas de troco entre os negros e os índios."

"Pois eu preferia ter um mosquete. Os pretos e os índios têm mais medo de pólvora que do demônio."

"Depois de Deus, a salvação está nas armas", declarou João Roxo, e calou-se de novo.

"Nossa única arma aqui é a pele com que nascemos", reclamou o poeta.

"Pele que esta maldita calmaria está assando. Já a trago enfermada sobre os ossos."

"A calmaria é pior do que a tormenta. Mata de fome e sede e não é honrosa."

"Não temos melhor remédio que a esperança. A Divina Providência nos fará abonançar o tempo e trará correntes favoráveis."

"Pode ser", tornou o calafate, "mas o que o padre não deve é ficar arrancando os pregos da nau. Mais um pouco e não vai haver pau pregado. Olhai que vamos tão perto da morte como a grossura de uma tábua."

"Vai cuidar do teu trabalho."

João Roxo insistiu:

"De uma nau não se deve tirar pregos. Deve-se acrescentá-los. Ainda mais numa nau morta e fazendo água como esta. Olha que tirando mais um prego sois capazes de nos fazer desconjuntar e ir ao fundo no espaço de um pai-nosso."

"Desce e volta ao trabalho das bombas, eu te ordeno!"

"Ai, que este não aceita conselhos nem de um anjo", reclamou o calafate, sem sair do lugar, e fechou os olhos e calou-se.

Gregório mostrou-se intrigado:

"Isso dos pretos e dos índios darem tanto valor a pregos, espelhos e tudo que brilha é cousa que não compreendo."

"Querem objetos raros, para fazer inveja aos seus. Como nós."

"Essas bugigangas todas acabam ocupando o lugar dos deuses, Vieira."

"Os bens puxam o pecador para o Inferno."

"Alguns irão pesados de pregos."

O padre se irritou, jogou todos os pregos de uma vez só na bacia e, apoiando-se no cajado com grande dificuldade, ficou de pé, saiu ao sol e caminhou pelo convés, olhando o céu e vociferando:

"E eu, que durante a tempestade tanto rezei para o sol resolver as nuvens e tornar o céu claro e sereno."

"Puseste fé demais na reza, Vieira. Trouxeste tão bons tempos que estamos há um mês sem andar cousa alguma."

Vieira ergueu o cajado e o balançou no ar.

"Sabes o que distingue os vivos dos mortos, Gregório? O vento."

"Então é por isso que já me sinto defunto."

"Lembra-te de Jó? *Sois pó, e em pó vos haveis de converter. Sois pó* é o presente, como estamos agora, eu e tu. *Em pó vos haveis de converter* é o futuro, a morte."

"Meu bom Vieira, quem morre no mar, como vai acontecer conosco, não vira pó. Vira lama e comida de peixe."

"Distinguimo-nos os vivos dos mortos, assim como se distingue o pó do pó. Os vivos são pó levantado, os mortos são pó caído; os vivos são pó que anda, os mortos são pó que jaz. Mas o que faz o pó levantar? O vento! O vento!"

"Então estamos perdidos mesmo. A calmaria é a morte."

"Deu o vento, levantou-se o pó; parou o vento, caiu o pó. Deu o vento, eis o pó levantado; estes são os vivos. Parou o vento, eis o pó caído; estes são os mortos. Os vivos, pó; os mortos, pó; os vivos, pó levantado; os mortos, pó caído. Os vivos, pó com vento. Os mortos, pó sem vento."

João Roxo falou:

“Lembrai pois que o pó levantado que sois vai mais depressa virar pó caído, se não me ajudais lá embaixo com as bombas, porque sozinho não dou conta.”

Gregório serviu-se de mais vinho e recitou:

“Eu só devo de crer, / que fui, e serei pó frio: / assim creio, assim confio, / nele me hei de converter, / os bichos me hão de comer, / hei de todo acabar.”

“Não, Gregório. Ninguém morre para estar sempre morto. Pó caído há de ser pó levantado.”

“Ó, Vieira... Lembra-nos Deus que somos pó só para humilhar-nos. Nos mares da cobiça, onde pelejamos, ele nos assopra a vaidade, incha-nos o pano. Depois nos mata.”

O padre voltou a sentar à sombra e também serviu-se de outra caneca:

“Falemos mui seriamente, que o dia é disso: ou cremos que somos imortais, ou não. A mim não me faz medo o pó que hei de ser, porque sei que me espera a eternidade.”

João Roxo ergueu-se nos cotovelos:

“Senhores, somos é de água, como os oceanos. Vamos sem leme, sem mastro e sem vela. O mar nos comerá. Descei ao porão e ajudai. Enquanto temos vida, trabalhemos para a conservar.”

“Se não se sabe onde se está, nem para onde se vai, por que fazer alguma cousa, calafate?”, argumentou o poeta.

“Ficais a vos enganar a vós próprios com vossas verdades, e assim vamos para o fundo.”

Vieira bateu com o cajado no convés:

“Volta ao trabalho, homem, e deixa-nos em paz.”

João Roxo deitou novamente, fechou os olhos e ficou a ouvir os outros dois.

“Rompa todo o criado em um gemido, / Que é de ti o mundo? onde tens parado? / Se tudo neste instante está acabado, / Tanto importa o não ser, como haver sido. / Soa a trombeta da maior altura, / A que a vivos e mortos traz o aviso. / Da desventura de uns, d'outros ventura. / Acabe o mundo, porque é já preciso, / Erga-se o morto, deixe a sepultura, / Porque é chegado o dia do juízo."

"Quando considero na vida que se usa, acho que nem vivemos como mortais, nem como imortais. Não vivemos como mortais, porque tratamos das cousas desta vida como se esta vida fosse eterna. Não vivemos como imortais, porque nos esquecemos tanto da vida eterna, como se não houvera tal vida."

"Sem comer melado / cagamos rapadura."

"Fazemos demandas e guerras pelo que não haveremos de gozar. Homenzinhos miseráveis. Loucos insensatos. Não vemos que acabaremos amanhã e que não lograremos mais do que sete pés de terra?"

"Neste mundo é mais rico o que mais rapa. / Quem tem mão de agarrar, ligeiro trepa. / Mais isento se mostra, o que mais chupa."

João Roxo resmungou, sem se mexer:

"Rimais em *apa*, *epa* e *upa*, mas não me ajudais. A boa vida de uns pagam-na os outros."

"Tratemos desta vida como mortais, e da outra como imortais", falou o padre. "Cansar-me, afligir-me, matar-me pelo que forçosamente hei de deixar."

"Por toda a vida junte dinheiro, / que há de gastar num só dia / o seu herdeiro."

Os três se calaram, esgotados, passaram um bom tempo desfalecidos, até Antônio Vieira despertar e pedir a João Roxo:

"Empresta-me a faca?"

João Roxo tirou da cintura a faca com que socava o calafeto nas junturas das tábuas, passou-a a Vieira e este começou a tirar pequenas lascas do toco do mastro grande, para depois as ir afinando.

"O que estás a fazer, padre?", intrigou-se o poeta.

"Palitos."

"Mas não temos o que comer há mais de três semanas."

Sem responder o jesuíta experimentou o primeiro palito entre os dentes, cuspiu sobre o convés, guardou-o em um bolso da batina e começou a preparar outro, que também provou, cuspiu e guardou. Assim fez bem uns dez. Enquanto isso João Roxo venceu o próprio cansaço e arrastou-se até o porão para voltar ao trabalho. Contudo logo retornou e deitou-se à sombra.

Padre Antônio Vieira devolveu-lhe a faca e só então pareceu reparar e ficar surpreso em encontrá-lo ali deitado novamente e o cutucou com a ponta do cajado:

"Que fazes aqui?"

"O mesmo que vós. Procuro um meio de me desenfadar, à sombra."

"Mas abandonas o trabalho das bombas? Assim o mar se assenhora da nau e vamos para o fundo!"

"Que importa? Não há a eternidade? A vida não acaba. Gostei da conversa dos senhores sobre a imortalidade da alma e o desapego às cousas terrenas."

"Fazes pouco-caso da fé?"

O poeta também reclamou:

"Tu és calafate! Cabe a ti não deixar a água minar por entre as tábuas!"

"Volta lá para baixo e cuida do teu serviço!"

"Até aqui fiz o que pude para viver, mas minhas forças não mais me abrangem", João Roxo suspirou.

"Mas o que estás a dizer?"

"Que cada um de nós trate de se encomendar a Deus, padre, porque esse é sem dúvida o último dia em que o poderá fazer."

"Tens de ir lá para baixo e cuidar de tudo até o fim!"

"Não, senhor Gregório. Desisto e me entrego. Melhor morrer uma vez só que muitas."

"Mas se paras de bombear a água para fora..."

"Santo padre, peço perdão, mas não adianta mais acudir às bombas para lançar fora as águas porque também as bombas já estão embaixo d'água. E mesmo que não estivessem submersas, não se podiam usar por estarem entupidas com a pimenta que saiu boiando dos paióis. A água procura os pontos fracos da nau. Agora que entrou pelo delgado da popa, não tem remédio. Está minando por todas as costuras do casco. Antes ainda se podiam desentupir as bombas, forrando os trepes com folhas de flandres, para não se tornarem a empachar. Mas sozinho não pude fazer, e os senhores não me deram orelhas ao que dizia. Durante a noite a nau fez tanta água que as bombas já lhe são debalde. Se quiserdes conferir, podeis chegar com a mão à água ali mesmo da escotilha, sem descer do convés."

Vieira começou a rezar baixinho:

"Por muitos males que venham, sempre o nome do Senhor seja louvado e exaltado; e ter Nele inteira fé e confiança, pois como Senhor da Piedade, nas maiores pressas vem com Sua misericórdia..."

Contudo parou no meio da oração, pediu a faca emprestada novamente e continuou a fazer palitos.

Gregório riu e imitou o padre a rezar:

"Desejo que todos amem, / seja pobre, ou seja rico, / e se contentem com a sorte, / que têm, e que estão possuindo. / Quero finalmente que / todos quantos têm ouvido, / pelas obras que fizerem, / vão para o Céu direitinhos."

João Roxo serviu-se de mais vinho e o bebeu sentado, inventariando a situação:

"A nau descoseu-se por muitas partes, cuspindo estopa e calafetado, fazendo muita água. Apareceram três pessoas mortas lá embaixo. Deviam estar presas nos camarotes. O fedor já não se aguenta. Estão boiando entre a pimenta e o benjoim. Só não fedem mais por estarem em conserva. A nau partiu sobrecarregada, senhores, e mal-arrumada, com cargas leves embaixo das pesadas, e isso ajudou a desconjuntá-la. Só no porão havia mais de quatro mil quintais de especiarias, afora as caixas de mercancia e fazenda espalhadas pelo corpo da nau, debaixo da ponte, na tolda, no chapitéu..."

"Sempre se vai ao fundo por cobiça ou perda de rumo."

"Pois de ambos os problemas nos vamos a perder, senhor Gregório. Estamos sobre um galeão velho, que por tantas vezes invernou nas viagens à Índia, África e Brasil. Um galeão mal construído, mal calafetado, com estopas úmidas que se desprendem com as marés. Com madeiras podres por serem cortadas em época incerta e madeiras verdes que como tais torcem, encolhem, fendem, desencaixam-se, despedem a pregadura e a estopa com a umidade da água de fora e a quentura das drogas e fogos que se acendem dentro. E basta uma só tábua assim para a perdição de uma nau inteira."

"Não precisamos saber disso. Teu trabalho é calafetar. Devias estar lá embaixo."

"Os oficiais em terra trabalham por empreitada, senhor padre, e por quererem poupar tempo não terminam direito o que começam. Por pouparem quatro cruzados de breu se põe tudo a perder. Nós calafates embarcados passamos a vida a remendar com estopas velhas e pastas de chumbo o serviço imperfeito dos outros. Até minha capa de couro besuntada com queijo estragado já enfiei com ponta de faca entre as frestas. Mas agora não há mais que nos pormos num estado de fé, e confiar que esse pedaço de pau nos livre do profundo abismo do mar."

Gregório levantou-se tão rápido quanto pôde e foi de novo se debruçar na amurada.

"Vômitos trabalhosos", comentou o calafate.

O poeta tornou a sentar-se à sombra, branco como uma vela de cera.

"Trago uma enfermidade tão peregrina que me faz vomitar bichos estrangeiros."

"Então, meu bom João Roxo... Pintaste nossa situação com cores tão feias, que tenho apenas uma pergunta a fazer-te: por que ainda não fomos ao fundo?"

"Vais gostar da resposta, padre: a nau só se sustenta sobre o mar por um milagre de Deus."

"Amém. Mas teria a Divina Providência dado a esse milagre uma aparência externa?"

"De fato deu, meu senhor."

"E qual foi?"

"A razão da nau não afundar é que apareceram, não sei de onde, muitos barris vazios, lacrados, cheios de ar, vindos de algum canto escondido das profundezas do porão, tantos que, ao boiar bem aqui, por baixo dos nossos pés, sustentam este convés acima da água."

"Então estar esta nau sem sorverter é cousa maravilhosa, e mais que ordinária."

"Isso é certo, padre. E nunca vi nem soube de nada igual."

"Então, senhores, já sei o que está a ocorrer."

"Eu também. Estamos ferrados e mal pagos."

"Não, Gregório! Agora compreendo os desígnios de Deus. Está claro por que se esquece de nossa miséria e não faz caso de nossos trabalhos! Ó misericordioso! Por mais que nós não saibamos entender vossas obras, por mais que não possamos alcançar vossos conselhos, sempre sois justo! Agora compreendo o que está determinado em vosso secreto juízo!"

"Então fala! Anda com isso."

"Temos aqui duas manifestações da Divina Providência: o castigo e a misericórdia. O castigo foram a tormenta e esta calmaria, que levaram toda a gente a perecer por acidente, doença, loucura, fome e sede. A misericórdia são esses barris vazios, que não nos deixam ir ao fundo. Ó Senhor, que em castigar vencei-nos, que somos criaturas fracas e pecadoras; mas que em ter misericórdia venceis-vos a vós mesmo, que sois todo-poderoso e infinito!"

"Ó Vieira, pois então me parece que o Senhor está pondo mais crueldade no castigo que bondade na misericórdia."

"O imenso não se pode medir, nem o infinito contar. Mas é certo que vamos mais cheios de pecados a castigar que virtudes a recompensar."

"Desculpai, padre, mas também estou achando confusa a maneira com que a Divina Providência está ordenando esta aventura."

"É simples, João Roxo. Repito: a tempestade e a calmaria foram o castigo; não afundar é a dádiva."

"Teu juízo já titubeia, Vieira. Estás a dizer o quê? Que Deus não sabe o que faz? Que não sabe se nos castiga ou perdoa?"

"Pois é aí que está a questão! É o que tenho me perguntado até agora: Senhor Deus, o que é isto? O castigo eu compreendo. Abrasai, destruí, consumi-nos a todos! Somos merecedores, pelas muitas culpas que carregamos. Mas por que a misericórdia ao final?"

"Padre... não cabe a um calafate como eu opinar nos desígnios divinos, mas a este tipo de misericórdia... assar-nos vivos lentamente aqui neste convés, a morrer de sede e fome... eu bem preferia um castigo rápido, que levasse minha alma logo à glória, sem que o corpo passasse por tais trânsitos."

"Ó vaidade humana, para a qual mesmo as grandes misericórdias ainda assim não parecem Justiça."

"Por mim o meu passado já me bastava de castigo pelos meus erros", disse Gregório.

"Entrou Jonas pela boca da baleia pecador, saiu Jonas pela boca da baleia arrependido. Não é melhor chorar aqui poucos dias para nosso remédio, que chorar eternamente no Inferno sem nenhum remédio? Preferem ir antes atrevidos ao Inferno, que temerosos ao Céu?"

"Sempre achei que o castigo devia ser proporcional ao pecado."

"E me parece que foi, Gregório, já que o pecado era a maior carga desta nau. A nós só cabe temer os ocultos juízos de Deus, e louvar a secreta ordem que permite todas as cousas."

"Mas o senhor padre disse que havia entendido essa secreta ordem..."

"Sim! Entendi, calafate!"

"Pois eu gostaria que dissesse logo, porque esta nau já se desfaz."

"Para o castigo da tormenta e da calmaria encontrei as razões, que eram muitos os pecados que carregava esta nau. Mas por que a dádiva?"

"É. Por quê?"

"Não parece claro? Se o pecador merece o castigo, quem merece a dádiva?"

"Quem não é pecador."

"O virtuoso! Esse merece a recompensa! A misericórdia!"

"Diz logo o que pensas, Vieira!", reclamou o poeta. "Tu nunca acabas de ser muito comprido."

"O padre está querendo dizer que a Divina Providência providenciou o castigo das duzentas almas que havia a bordo e poupou a nós três, os únicos virtuosos? Mas então por que não suspendeu logo a calmaria e nos trouxe bons ventos e correntes e nos levou a alguma terra cristã?"

"A explicação é que aqui neste convés não se encontram três virtuosos."

"Não?"

"Há aqui três homens, João Roxo. Um é um pecador extremo, e seus pecados são a causa das desgraças. Outro é um homem normal, que, embora pecador, tem ouvidos e olhos e está preparado para o arrependimento e a salvação. É este que mantém o equilíbrio entre o castigo e a misericórdia."

"E o terceiro, senhor?"

"Tu mesmo disseste que estamos ainda a boiar por um verdadeiro milagre."

"Mui além da diligência humana. Uma cousa nunca vista, senhor."

"Não basta ser apenas virtuoso para produzir milagres. Para merecer milagres é preciso ser santo. O terceiro homem é um santo!"

João Roxo terminou seu vinho, tornou a deitar e a olhar para o céu sem nuvens e falou:

"Nunca me pagaram para pensar, e essas questões me confundem. Mas a mim parece que o peso do pecador é maior do que o do santo, pois estamos indo para o fundo. Lentamente, isso é certo, mas a água já está a um braço do convés e temo que, se alguns barris desses cheios de ar aqui embaixo se rompem, o que vai acabar acontecendo, pela grande pressão que estão sofrendo, não teremos nem tempo de dar conta a Deus de nossas desgastadas vidas."

"Então todos concordam, e é evidente, que nossas vidas estão a depender de um equilíbrio mui precário."

"Estamos sentados num monte de tábuas quase soltas, senhor, e tudo que vejo em torno de mim são sinais da morte."

"Pois só nos resta uma saída."

"E qual é?"

"Sim, qual é?"

"Há aqui duas pressões. O santo nos eleva aos Céus. O pecador nos arrasta ao fundo. Se o peso de seus pecados ainda puder ser aliviado com o arrependimento, será poupado. Senão terá de ser eliminado."

"Eliminado?"

"Sim, Gregório. Eliminado. Jogado ao mar. O justo não deve pagar pelo pecador."

"E naturalmente o pecador sou eu."

"Acho que quanto a isso ninguém aqui tem dúvida."

"Estás dizendo que para salvar o galeão devo eu pular no mar?"

"Se for necessário, sim. Mas ainda tens uma oportunidade de permanecer a bordo sem fazer pressão sobre os barris cheios de ar que nos sustentam."

"E qual seria?"

"O arrependimento sincero. Isso te tornaria também digno da dádiva perante o Senhor."

"E como o Senhor saberia que eu de fato me arrependi de tudo que fiz?"

"O Demônio abre ao homem as portas do pecado e fecha sua boca. Mas, cometido o pecado, Deus dá ainda um remédio."

"Qual?"

"A confissão."

"E se eu me recusar?"

"Eu e o nosso bom calafate, em nome do Senhor, e para preservar nossas vidas, seremos obrigados a lançar-te ao mar. Não concordas comigo, João Roxo?"

"Concordo que qualquer peso atirado fora esticará um pouco minha vida, padre. E estais sendo justo, dando a chance do arrependimento e da confissão. Senhor Gregório, se quer a verdade, eu mesmo já não sei se prefiro morrer aqui assado ou lá fora afogado."

"Afogado, sim, Gregório. Mas por amor a Deus, afogado. Os remédios são proporcionais às doenças."

"Está bem. Eu me confesso. Mas como hás de fazer?"

"Calafate, precisamos de um confessionário. A confissão bem-feita é Sacramento; a malfeita é sacrilégio. Podes providenciar alguma cousa?"

"Como? O que quereis que eu faça?"

"É preciso um lugar reservado, uma parede que seja. Toma aqui uns pregos, arranja umas tábuas..."

"Senhor, estou mais morto que cansado. Estamos pela metade do dia. Vedes que todas as cousas estão sem sombra? Trago a boca ladrilhada. Estou tão mortal que mal posso respirar. Aquela ali não serve?"

João Roxo apontou para o local onde ficava o castelo de proa. Lá havia ainda uma meia parede de tábuas que resistira à fúria da tormenta e dos machados.

"Sim", concordou o padre. "Acho que vai servir. O tempo não está para muitas escolhas. Gregório, o Demônio sempre arma seu laço ao pé dos mandamentos, e esse laço se chama tentação. A pertinácia da tentação só se vence com a constância da resistência. E o maior Tentador não é o Diabo. Este apenas arma o laço. O maior Tentador é cada um de si mesmo. O homem de que mais nos devemos guardar, sou eu de mim, e vós de vós."

"Carregado de mim ando no mundo, / E o grande peso embarga-me as passadas, / Que como ando por vias desusadas, / Faço o peso crescer, e vou-me ao fundo."

"Mas onde está a maior desgraça? É em pecar? Não, porque muitos depois de pecar se salvam. Pois onde está a maior desgraça? A maior desgraça está em emudecer, depois de pecar. Emudecida a confissão, nenhum remédio fica ao pecado. O pecado tem muitas portas para entrar, e uma só para sair, que é a confissão. O importante na confissão é que primeiro fale o mudo, e que depois saia o Demônio..."

"Já que me põem a tormento / murmuradores nocivos, /carregando sobre mim/ suas culpas e delitos; / Por crédito de meu nome, / e por não temer castigo / confessar quero os pecados, / que faço e que patrocino."

Gregório deitou a viola de lado, pôs-se de pé com extrema dificuldade, caminhou até a proa e sentou-se no chão do convés, do outro lado da meia parede que restara do castelo. Padre Antônio Vieira imitou-o no penoso esforço de levantar e caminhar, e sentou também no chão, do lado oposto. Os dois homens suavam e arfavam sob o sol. O padre iniciou seu ofício:

"Senhor Gregório de Matos, aceita a Santa Madre Igreja como o organismo institucional de mediação entre os homens e Deus. A confissão perfeita é aquela em que o pecador vai aos pés de Deus verdadeiramente contrito e arrependido de seus pecados. Quero que medites profundamente nisso antes de abrires teu coração a mim: vais verdadeiramente contrito e arrependido? Se vais, logo já estás perdoado, já vais absolvido. E nessa confissão se mostra o milagre do Evangelho: confissão em que primeiro se recebe a Graça, e depois se confessa o Pecado. Confissão em que primeiro sai o Demônio, e depois fala o mudo. Por isso, Gregório, primeiro te arrepende de teus pecados, e só depois os conta a mim."

Fez-se profundo silêncio, ouvia-se apenas os rangidos da nau. Contudo, após esperar bastante, Vieira continuou a nada ouvir da parte de Gregório.

"Então, Gregório? Podemos começar? Diz, posso fazer alguma cousa para ajudar-te?"

"Podes sim."

"Então pede."

"Tens papel?"

"A confissão é falada, meu filho. Deus a escuta. Não precisa de escrita."

"O papel não é para escrever, padre."

Padre Antônio Vieira apoiou-se no cajado, ergueu-se, olhou o que Gregório havia feito do outro lado e gritou:

"Filho de um cão!"

O poeta também já se tinha levantado e subia o calção, rindo.

O padre tentou acertá-lo com o cajado, o golpe passou longe, mas continuou tentando, avançando contra o poeta com as forças que ainda tinha, e este sempre recuando, e procurando voltar para a sombra, e rindo e cantando enquanto o outro o perseguia e gritava e brandia o cajado às cegas.

"Demônio! Tu és o próprio Demônio!"

"Se os cagalhões saíram tão duros, / tão gordos, tão bem dispostos, / é porque acabam de ser postos / e ainda estão mal maduros."

"O fogo de Sodoma e Gomorra em cinza te reduzam."

"Será que por cagar no sagrado / terei o cu excomungado?"

"Tu arderás no fogo do Inferno por toda a eternidade!"

"Não achareis tantos cus / tão prontos em peidos dar, / porque jamais sem parar, / faz tão grande bateria, / que de noite, nem de dia / pode tal cu descansar."

"Que tu arda em fogo para sempre, Satanás!"

“Por que se escandaliza / com meu cu, porque se caga? / Venha cá, boca de praga, / que cousa te mortaliza? / O peido há de ser falado, / ou ao menos estrondoso, / porque aquele que é fanhoso, / é peido desconsolado.”

“Vou te ensinar a temer a Deus! Conhecerás a ira Divina!”

“Quantas vezes, reverendo, / destes com o meio do cu / peido tão rasgado e cru, / que te ficaste o rabo ardendo?”

Não chegou Gregório à sombra, antes disso caiu de joelhos, de fraqueza, e arrastou-se de quatro para escapar das bordoadas com que Vieira o ameaçava. Este, vendo o poeta caído, tomado de uma força que a todos pareceu um completo milagre, pegou do barril já quase vazio, ergueu-o acima da cabeça e o atirou contra Gregório.

Errou pela distância de um passo, espatifando-se o barril sobre o convés, e ao se espatifar, revelou o barril o conteúdo secreto que lhe ia dentro todo o tempo, pousado no fundo, sem saberem: um objeto todo envolto em couro, bem amarrado por tiras de cânhamo.

Caiu sentado o padre, pelo esforço, e o único que teve forças para chegar ao objeto foi João Roxo, que o desembrulhou das várias camadas de couro até revelar o que era.

“Uma pistola! E tem uma carga de pólvora. Uma carga de pólvora. Só uma!”

Padre Vieira e Gregório avançaram na direção de João Roxo, cada qual disposto a tomar a arma para si e subjugar o outro, mas o calafate foi mais rápido, recuou, foi de costas até a amurada, ficou apontando a pistola para os dois e falou:

“O que é isso, senhores? Será que vamos tão disformes, e magros e maltratados do juízo que já nos desconhecemos? Esta nau rota é parte de nossa afortunada terra. Somos cristãos, a quem o temor da morte nunca fez perder o ponto de honra nem a obrigação de cavalheiros.”

"Esse herege dos Infernos cometeu um sacrilégio terrível", o padre apontou o poeta. "Esta arma a mandou a Divina Providência para dar cabo da vida deste excomungado!"

"Tu és um mestre em remendar a verdade com a retórica, ó Vieira. Achas que sou parvo? Quiseste armar um confessionário para eliminar o pecador. O santo, claro, eras tu."

"Está claro que o santo sou eu! Estás sempre bêbado, e fabricas castelos nos pensamentos. Sou o representante de Deus e fiel cumpridor de Seus desígnios."

"Então mostra-me a carta de apresentação com que Ele te nomeou!"

Sempre com a pistola apontada para os outros dois, João Roxo ergueu-se, foi à sombra, apanhou de volta sua faca, que Vieira largara junto ao toco do mastro grande, pegou também o pedaço de couro que embrulhara o mosquete e com tudo isso foi sentar-se ao chão e encostar-se à amurada, onde falou, enquanto com a faca cortava o couro em três pedaços iguais.

"Vamos lá, senhores. Lembrai-vos dos bons momentos que passastes juntos nesta viagem. A quem seguistes no próspero, acompanhai também no adverso. Será que os homens só são irmãos enquanto comem e bebem? Então? Encontrai um meio de catar alguma cortesia. Se nos arriscamos a descobrir nossas faltas, aparecerá sempre quem as perdoe."

Sob a mira da pistola o padre e o poeta se aquietaram e voltaram à sombra e à alcatifa. João Roxo jogou a cada um um pedaço de couro, e começou comer o seu. Os outros dois fizeram o mesmo.

"O diabo do couro não desce", reclamou Vieira.

"E meu vinho se foi todo, maldito padre! Agora é mesmo o fim...", lamentou o poeta, mortificado.

"Só podemos contar com a ajuda de outra nau ou de alguma corrente", falou João Roxo. "Por isso esta pistola fica sob minha guarda. Precisamos desse único tiro tanto para sinalizar a nossa existência quanto para proteção, se chegarmos à alguma terra."

"Mui pode o galo em seu poleiro...", resmungou Vieira.

"Eu sei que todos levamos a fantasia ocupada em angústias, senhor padre, mas estou disposto a seguir o conselho da fortuna, que me colocou esta pistola nas mãos para que eu decida por nós daqui para adiante."

"Tu és apenas um calafate. Queres que coloquemos as vidas em tuas mãos?"

"Eu sei que a maior virtude de um empregado é ser agradecido, mas, já que os senhores chegaram a uma tão má opinião um do outro, é mais seguro que eu governe a nau."

"E se eu me recusar a obedecer?", perguntou Gregório.

"Do que vós pensais que entendem, eu já experimentei. Tentai acatar o que sair de minha boca como um pedido, de quem de muitas maneiras o podia mandar."

"Quem sobe a alto lugar, que não merece, / Homem sobe, asno vai, burro parece."

"Eu sei que morrer parece um espanto para quem se julga importante como os senhores, mas juro pelo que há de mais sagrado que mato o primeiro que criar problema."

"Que me importa morrer de bala ou de fome e sede?", falou Gregório. "Mas se nos matas podes vir a ser enforcado, calafate, e de todas as mortes a pior deve ser a forca, pois é morrer no ar."

"Deus ouvirá nossos rogos e levantará a mão de Seus castigos, pois eu ainda tenho esperança de chegar à terra, ao menos para ser enterrado", disse o padre, fazendo o sinal da cruz.

"Obrar a maior fineza / de morrer, porque a confirme, / morra-se na terra firme, / se quer morrer com firmeza."

"Senhores, tenhamos esperanças. As desgraças e os contentamentos dos mares não são de muita dura, porque se estribam na pouca constância dos ventos e das águas."

"Pois esse mar de argamassa e essa falta de brisa me parecem mui constantes, meu bom calafate."

"Não quer dizer que nossa fortuna não possa mudar até o fim do dia. Que Nosso Senhor seja servido de trazer até junto a nós alguma outra nau, que nos socorra, é cousa que pode acontecer, sem depender do tempo ou dos mares. E é para chamar a atenção para nós que precisamos guardar o único tiro dessa arma."

"Certas disposições da Divina Providência parecem mais tentar o Demônio que trazer remédio para nossos males", disse o padre.

O calafate, sob o sol, manteve-se a uma distância segura dos outros dois e sempre com a pistola no colo apontada para eles, que aos poucos voltaram à conversa arrastada, à poesia e à viola de cabaça.

"Ó, Gregório, não te entendo. Tu és um letrado, estudaste com os jesuítas... Que o gentio corra sem freio atrás dos apetites da carne, que o gentio siga as leis depravadas da natureza, corrupta, cegueira é! Porém tu, que conheces que há Deus, que há Céu, que há Inferno, que há eternidade... que vivas pecador, como gentio... é cegueira de olhos abertos!"

"Todo cantar alivia, / e todo folgar alegra / toda branca, parda e negra / tem sua hora de folia: / só tu, na melancolia / tens alívio? Canta aqui, / e torna a cantar ali. / Vê, como vivem ufanos / os descuidados de si, / canta, baila, folga e ri. / Não vês, que todo o penoso / é causa de muitos danos? / Se o pecado te entristece, / folga no mundo, e descansa, / que o arrepender aborrece."

"Vendo a mentira de todas as cousas humanas, cremos nelas como se fossem mui verdadeiras. É a paixão que erra, é a paixão que engana, é a paixão que perturba e troca as espécies, para que vejamos uma cousa pela outra. E todas as paixões se reduzem a duas: amor e ódio. Esses dois afetos cegos revolvem o mundo, por isso tão malgovernado."

"O querer não tem razão, / que a vontade é mui sutil, / e assim por onde quer entra, / e talvez não quer sair. / Cada um quer o que quer, / não há nisso, que arguir, / fez Deus as vontades livres, / prendê-las é frenesi."

"Assim ensinam os como tu, que querem tirar do mundo a oração, o jejum, a esmola, a castidade, a penitência, os sacramentos!"

"Pague com o mal presente o bem passado, / pois quem podia, e não quis, viver gozando, / confesse que essa pena merecia."

"Não digo que deixes o mundo, e que te vás meter em um deserto. Só digo que faças o deserto dentro deste mesmo mundo, e dentro de ti mesmo, pois aí se lembra um homem de Deus e de si, e aí faz o homem resenha de seus pecados."

"Até mesmo um mosquitinho / quer antes morrer no vinho, / do que estar vivendo n'água."

"Que mundo é este que defendes? Que mundo é esse, senão um mapa universal de misérias, de trabalhos, de perigos, desgraças e morte? Cada dia que passa é um estrago. Cada hora e cada instante, mil infortúnios."

"E a tua intenção é manifestar ao mundo o desconcerto do seu estado e persuadir os homens do erro dos seus juízos."

"Sim. E também da desordem de seus desejos e da fadiga de suas vaidades."

"Mas nem por isso a meu ver / matais mais sem matar / que um contínuo suspirar / é um perpétuo morrer."

"Motivos para rir do mundo só têm os meninos e os loucos. Uns por terem pouco juízo, outros por não o terem nenhum. Ó bom Deus, vede a ruína do vosso reino. Vede as aflições e misérias dos vossos vassalos. Vede as desatenções, os cativeiros da alma, a assolação de tudo! Ó Senhor, ponde em nós esses olhos piedosos. Ponde em nós esses olhos misericordiosos. Ponde em nós esses olhos onipotentes. Penetrai e abrandai a dureza destes corações. Rasgai e alumiai a cegueira destes olhos, para que vejam o estado miserável de suas almas."

"Pelo amor de Deus, calai-vos!", gritou o calafate, erguendo a pistola do colo e apontando com ameaça ora para o padre, ora para o poeta. "Calai-vos ou vos mato! Diabos que não fazeis nada com as mãos e só causais problemas! Juro por Deus que vos mato! E se vos mato não vos atiro no mar, senão que como vossas carnes imprestáveis que estou morto de fome e elas devem ser macias de nunca pegarem pesado! Imprestáveis! Se tivésseis ajudado com as bombas quando eram necessários mais braços! Ficais de querelas para curar o enfado da calmaria quando devíeis é trabalhar, que trabalhando ninguém se lembra de pensar e se esquece de si. Há muito que se fazer numa nau, seus inúteis. Polir os ferros, tirar a umidade das espadas, raspar os fungos que fazem manchas esverdeadas nas velas e incham as madeiras. Inúteis! Podíeis tirar o azinhavre dos bronzes, raspar as algas que crescem no casco. Ficais aí a dar com a língua, em conversas inúteis!"

"Deus também faz cousas inúteis, meu bom calafate", Gregório o interrompeu. "Como chover sobre o mar."

"Não, Deus não faz nada inútil!", disse o padre. "Não é inútil chover sobre o mar! Como quer que o mar se encha?"

João Roxo continuou, mas agora sua voz era um resmungo quase choroso:

"Podíeis colher algas no casco. Algumas delas têm gosto de alface."

"Alface... chouriço... presunto... doce de pera... há quanto tempo não meto na boca cousa que tenha nome."

"Ó, Gregório... ele quer que afundemos com os bronzes polidos e o casco limpo. O lento veneno desse ar parado já enlouquece nosso calafate."

"Com tantos piratas, incêndios, ondas gigantes e tempestades vamos perecer nos suplícios da fome e da sede...", lamentou-se João Roxo.

"O Senhor trouxe tal fim e castigo qual nossas almas mereciam."

"Eu não merecia castigo algum! Deixei família, pátria e amigos só para fugir da pobreza."

"Eu não deixei nada, porque nada tinha", disse o poeta. "E já não sei se o mar está por cima ou o céu por baixo. Nem sei se estou indo para o Brasil ou voltando de lá."

"Também não me lembro de onde vim, nem para onde estava indo, Gregório, mas se trazemos bicho-de-pé é porque estamos saindo do Brasil."

O poeta puxou com muita dificuldade, com as duas mãos, o pé direito para perto das vistas e o ficou examinando, calado, enquanto João Roxo continuava com seus lamentos e o padre com suas pregações.

"Passei a vida desbaratando a pobreza em que nasci."

"Cada um segue a sua derrota, calafate."

"A todas as misérias se oferece quem navega. Antes com menos na terra, do que lançar-se um homem ao mar por cousas tão transitórias."

"O difícil é encontrar um homem que se contente com o que possui."

"Eu não possuía nada, padre, só as mesmas necessidades dos príncipes e dos papas: encher as tripas e depois defecar. Mas as naus não são construídas para homens. Danem-se os que morrem no caminho. As naus são para a canela, a pimenta e o açúcar. Eu sei disso, mas sempre voltei para o mar. Os homens do mar são como as mulheres, que durante as dores do parto juram que nunca mais se deitarão com os homens. A cobiça desmedida enche as naus de caixas, e as caixas são a causa dos naufrágios. Depois, para a nau não ir ao fundo, atiram-se as caixas ao mar. Então, para que as carregamos? Para darmos mortos junto com elas às praias?"

"Só diante da morte nos lembramos de desprezar os bens materiais, João Roxo. Não viu o que ocorreu neste próprio galeão?"

"Pois muitos ainda vão ao fundo agarrados ao cofre, padre. Ou, mesmo sem nenhuma possibilidade de salvação, roubam. Começamos por um Oriente, e nos perdemos em tantos Ocidentes, num círculo que depois de fechado fica sem começo nem fim."

"Só quem nos guia é a Divina Providência."

"Talvez por isso às vezes nos falte piloto."

"Não percas a fé, calafate."

"Olha, trago um bicho-de-pé!", gritou o poeta, e pegou a viola.

"Então viemos do Brasil!", disse o padre.

"Brasil turbulenta terra / armazém de pena, e dor, / confusa mais do temor, / inferno em vida. / Terra de gente oprimida, / monturo de Portugal, / para onde purga seu mal, / e sua escória. / Onde se tem por vanglória / o furto, a malignidade, / a mentira, a falsidade."

"A verdade é que no Brasil não há verdade", Vieira olhou para o mar, como se soubesse para que lado ficava o Brasil. "Lá se mente com palavras, mente com obras, mente com pensamentos. Meu Deus, quantas voltas por lá dão as palavras, desde as bocas até aos ouvidos! Por isso vão torcidos os nomes, torcidos os verbos, torcidas as pessoas, torcidos os casos. Os ouvidos são dois, e a boca uma. Entram pelos ouvidos duas verdades, sai pela boca uma mentira."

"No Brasil há os bons, por não poder ser insolentes, / outros há comedidos de medrosos, / e outros só não mordem, por não ter dentes."

"De todos os lugares onde preguei, é o Brasil a terra mais ingrata, mais inconstante, mais avessa e trabalhosa de ensinar. Não porque os brasileiros não creiam em Deus. Ao contrário, eles aceitam a doutrina e creem com muita facilidade. Mas com a mesma facilidade esquecem. Aprendem fácil, e com a mesma facilidade desaprendem. É só o pregador virar as costas e os fiéis começam a descrer no que acabaram de ouvir e aceitar, e os convertidos se desconvertem."

"Lá o cão ataca o gato, não por ser mais valente, mas porque a um cão os outros ajudam", lembrou João Roxo. "E como se furta no Brasil! Lá o roubar pouco é culpa, e o roubar muito, grandeza, não é assim, padre?"

"Sim. No Brasil conjugam o verbo roubar de todos os modos. Roubam de modo imperativo, porque a roubar aplicam-se com afinco. Roubam de modo infinitivo, porque o roubar não tem fim. Roubam de modo conjuntivo, porque se associam os que roubam pouco aos que roubam muito. Conjugam também em todos os tempos, porque no presente, roubam o quanto podem. Do passado desenterram crimes e dívidas para vender perdões. E no futuro continuarão roubando, que para isso preparam seus filhos. E não lhes escapam nem os tempos pretérito, particípio e gerúndio, porque roubaram, têm roubado, e continuam roubando."

"No Brasil só não gostam de roubar papagaios, porque é cousa que fala", disse o calafate, e seus olhos começaram a piscar de cansaço, e de estar ao sol, chegou a cabecear e, vendo isso, o padre e o poeta, tendo ambos a mesma ideia ao mesmo tempo, fizeram um movimento para frente na direção dele com clara intenção de lhe tomar a pistola. João Roxo apontou-lhes a arma e recuaram, e tudo isso fizeram em silêncio e entreolhando-se. Gregório voltou a dedilhar sua viola de cabaça.

"Estes dias para mim são anos / e não são dias, / as horas parecem meses, / dos minutos não sei que diga: / suspiros, ânsias, fadigas."

"Deus fez a noite para que durmam aqueles que têm sono", Vieira falou, piscando para o poeta.

"Parasitas! Trago o corpo mais cansado que os vossos porque fui o único a gastá-lo nos trabalhos! Mas não esperais que durma para me desarmar porque vos mato antes!"

"João Roxo, aquilo que nos dissestes... eras capaz de nos comer mesmo?"

"Já comi osso torrado e pele de cobra molhada, senhor padre. Já comi caranguejos vivos que me mordiam ao mesmo tempo que eu mordia a eles. Já bebi água da chuva em pegada de elefante. Só digo que seria um desperdício jogar-vos aos peixes."

"Os peixes também comem uns aos outros", Gregório lembrou.

"Mas os pequenos não comem os grandes", sorriu o padre.

"Comeriam, se tivessem uma pistola", o calafate sorriu também.

“Comerem-se uns animais aos outros da mesma espécie é voracidade e sevícia, e não estatuto da Natureza nem de Deus”, sentenciou Vieira.

“Calai-vos, ou vos mato sem outros motivos que os que já tenho!”

“Não mates os dois juntos, que não tens apetite para tanto e um de nós vai se estragar.”

“Há sal e pimenta lá embaixo para conservar as carnes, senhor Gregório.”

“O homem que mata e come seu semelhante, deixa de ser o que é, e volta a ser animal, porque converte-se na substância e nos membros de quem é comido, que é sua parte animal.”

“Então comer-vos, padre, é ficar com o espírito falecido e corcunda! O senhor nunca se cala?”

“Eu também não devo estar gostoso, calafate”, avisou o poeta. “Estou embebido em álcool, não gosto de banhos, trago uma ferida nojenta no rabo, tenho bicho-de-pé e piolhos me comendo todo o corpo.”

“Os tempos não estão de muitos temperos, mas dou um jeito de melhorá-lo, senhor. O melhor tempero é a fome. Por isso os pobres comem com tanto gosto.”

“Se escolhes a mim, matas o único padre a bordo, e então a quem te confessarás do grande pecado de comer teu semelhante?”

“Quando te decidir lembra-te, João Roxo, que, quando os que iam nesta nau quiseram comer o corpo dos que morriam foi o próprio padre aqui ao lado que se ofereceu para ser a primeira refeição.”

João Roxo, aturdido pelo sol, começou a ter a visão enevoada e falou:

“O mar e o céu têm uma briga antiga, e não nos devíamos meter entre eles. Silêncio. Escutai. Ouço os estalos das madeiras inchando.”

E desse ponto em diante não mais abriu a boca para falar, todas as suas forças ele usou para manter-se acordado, mas seus olhos insistiam em fechar e a cabeça a cabecear e era com tremendo esforço que resistia a desfalecer. O padre e o poeta continuaram a falar, com vozes mansas, como se quisessem ambos embalá-lo, mas à medida que falavam mostravam que o juízo começava a lhes faltar de vez.

"O mal é, que nem os fiz, / nem mais posso os fazer, / nisto está meu inferno, / que arda quem culpa não tem."

"E se isto já for o Inferno?"

"Se não for, é um bom ensaio."

"Estamos já mortos, Gregório. Eu, tu e o calafate... e este é o Inferno a que nos arrastou nossos temores e pecados, por toda a eternidade."

"Ouviste o santo padre, João Roxo? Já somos fantasmas. Não precisas nos comer. Fantasmas não comem fantasmas."

"É! É o Inferno! É quente. Não venta!", o padre olhava ao redor, de braços abertos.

"Ó caos confuso, labirinto horrendo, / onde não topo luz, nem sigo amando, / lugar de glória, onde estou penando, / casa da morte, onde estou vivendo!"

"Os que descem ao mar nas naus, fazendo operação nas águas muitas, esses viram as obras do Senhor, e as suas maravilhas no profundo."

"Vamos encontrar os antípodas, que andam de cabeça para baixo, e que têm um olho na testa, para ver o futuro, e outro na nuca, para ver o passado."

"E nisto chamaram ao Senhor quando estavam atribulados, e de todas suas necessidades os livrou, e trouxe o Senhor um vento fresco, e alegraram-se todos porque cessou Sua fúria, e os pôs enfim no porto de seu contentamento."

"Que ninguém creia em seus sonhos, / porque sonhos sonhos são."

E essas palavras do poeta foram as últimas que João Roxo ouviu no galeão *São Paulo*. Antes de desfalecer por completo achou por bem dos outros dois gastar aquela única carga de pólvora para que com ela não cometessem nenhuma desgraça a bordo e apontou o mosquete para o céu e atirou.

Epílogo

João Roxo despertou em um catre, em um camarote, cujo balanço indicava estar sobre o mar. Um marinheiro segurava uma candeia enquanto um boticário o olhava com sinais de contentamento.

O calafate, o poeta e o padre haviam sido encontrados desfalecidos por uma nau portuguesa a caminho do Brasil, cujos marinheiros alertados pela descarga da pistola deram com eles e os resgataram, e já então se aproximavam da baía de Todos-os-Santos. Padre Antônio Vieira e Gregório de Matos também já haviam voltado a si e recuperado a consciência, e na cidade do Salvador desembarcaram os três de pés enxutos, como pedira o padre ao Senhor em suas preces, e aí no Brasil os proveram do necessário para curar-se e restaurar seus corpos tão doentes e debilitados.

Quatro meses depois, sobrepujando com sábia experiência todos esses contrastes que lhe sobrevieram, partiu João Roxo de volta a Lisboa, dessa vez em um caminho direito, com ventos largos, sem nunca ter, louvado seja Deus, senão bonança. E em Lisboa João Roxo fez este relato a mim, José de Azevedo, assim que cá pisou, e antes que lhe fugisse o entendimento da lembrança deles, o qual anotei, emendei, corrigi, verifiquei e recolhi a meu propósito, que é escrever somente a verdade do que toca aos acontecimentos dessa história, que vem mostrar a maneira como andam os homens no mar, jogados aos dados e oferecidos a tantos perigos e doenças tão diversas e tamanhas que não sei que vida se pode chamar a de tantos desgostos.

Por fim, ao perguntar a João Roxo se ele continuava calafate, falou-me que sim, e que dali a duas semanas já estava de partida para a África. Perguntei-lhe se não tinha medo e ele respondeu que a tudo se acostuma um homem, e que trabalho é trabalho, e que tudo que antes o atemoriza, se ele não recua e insiste e enfrenta, depois esse temor acaba lhe ficando em natureza e é derrotado.

Confessou também não poder ficar sem contemplar o mar, o movimento dos céus e o curso dos planetas, e creio que nessa contemplação parece que chegou a uma filosofia natural que excede a de Platão e Aristóteles, porque, quando nos despedimos e fiz a última pergunta, que foi querer saber a que, ele, João Roxo, achava dever a salvação do padre, do poeta e a sua própria, ele sorriu e afirmou que quem desejar viver por mais tempo deve praticar com afinco, seja em viagens, seja na vida, uma das três maneiras de melhor manter a alma unida ao corpo: fé, arte e ciência.

Esta obra foi composta nas fontes
Adobe Caslon Pro, Dante MT Std e
Colonial, sobre papel Pólen Bold 90 g/m²,
para a Editora Scipione S.A.